던전사냥꾼
Dungeon Hunter

던전사냥꾼 4
Dungeon Hunter

온후 현대 판타지 장편 소설

초판 1쇄 찍은 날 | 2016년 6월 13일
초판 1쇄 펴낸 날 | 2016년 6월 20일

지은이 | 온후
펴낸이 | 예경원

기획 | (주)위시북스
편집책임 | 박우진
편집 | 이즈플러스

펴낸곳 | 예원북스
등록번호 | 제396-2012-000132호
등록일자 | 2012. 7. 25
KFN | 제1-009호

주소 | 경기도 고양시 일산동구 호수로 646-24 위너스21 II 빌딩 206A호 (우)10401
전화 | 031-819-9431 팩스 | 031-817-9432
E-mail | yewonbooks@naver.com

ISBN 979-11-5845-551-4 04810
      979-11-5845-629-0 (set)

온후 현대 판타지 장편 소설

WISHBOOKS MODERN FANTASY STORY

던전사냥꾼

Dungeon Hunter ④

Wish
Books

던전사냥꾼
Dungeon Hunter

CONTENTS

Chapter 20 마수 대결   7

Chapter 21 세계수   35

Chapter 22 드워프, 퀘스트, 성공적   97

Chapter 23 천사   149

Chapter 24 아수라장   187

Chapter 25 하쉬말   225

Chapter 26 업적 상점   261

Chapter 20

마수 대결

Dungeon Hunter

경매가 끝이 났을 때 내 잔여 포인트는 200만에 달했다. 처음 가지고 있었던 보유량이 700만에 가까웠으니 500만에 육박하는 포인트를 이번 경매에서 사용한 것이다.

덕분에 알맹이란 알맹이는 모두 쓸어 담을 수 있었다.

아스트랄 코드, 풍요의 여신상, 달의 눈물, 태양의 미소, 현자의 비약, 대지룡의 시체, 나태, 그리고 그 외 정확히 다섯 개.

총 12개의 물건을 낙찰받을 동안 마족들의 반응은 가지각색이었다.

경악, 강렬한 호기심, 적대감. 시기하고 짜증을 냈다. 물론 호의를 표하는 마족은 없었다.

경매는 경쟁이다.

하지만 나의 존재로 인해 그 경쟁조차 제대로 할 수가 없었다.

난데없이 나타난 '졸부'가 부의 위력을 제대로 보여준 꼴이다.

압도적인 포인트로 찍어 누르자 감히 항거할 수가 없었다. 탐나는 아이템과 마수가 제법 나왔지만 내가 입찰 의사를 밝히는 순간 결말은 정해져 버린다. 애당초 경매에 사용할 수 있는 게 포인트가 전부인 상황에서 나를 이길 수 있는 자는 없었다.

이로써 랜달프 브뤼시엘이란 이름은 시기의 대명사가 되었다. 수많은 마족이 눈앞에서 놓친 아이템에 분개하며 내 이름을 곱씹었다.

'운이 좋아 대량의 포인트를 얻은 졸부.'

나는 미소 지었다.

그리 치부할 수도 있다.

실제로 대부분의 마족이 그렇게 생각할 것이다.

최상급 마수인 기간테스와 아리엘 디아블로로 말미암아 '그냥 졸부'에서 '뭔가 있어 보이는 졸부'가 되었을 따름이다. 그러나 1년 차와 달리 확실하게 나의 이미지를 새겨 넣는 데 성공했다.

고작 두 번째 경매에서 이만한 영향력을 보여준 마족은 나 외엔 달리 없었다. 앞으로 3년 차, 4년 차…… 경매가 진행될수록 점차 영향력이 넓어지며 진가가 드러나기 시작할 터였다.

지금의 마족들은 크게 위기감을 느끼지 못해서 안이하게 판단하고 행동하는 중이다.

하지만 조금씩 목이 죄이며 숨이 막히거든 과거를 떠올리고 자신의 실수를 되돌아볼 것이다.

어디서부터 잘못되었는가. 무엇을 실수했는가.

이윽고 처음 경매에서부터 조금씩 굴러가기 시작한 눈덩이가 걷잡을 수 없을 정도로 커졌음을 인지할 것이다.

요컨대 지금 나는 그 눈덩이를 굴리고 있는 시점이다. 이것을 어디까지 키울지는 오로지 내 역량에 달렸다. 차이를 벌리며 단번에 잡아먹을 준비를 하는 것. 지금까지는 꽤나 성공적이다.

어쨌든 이로써 100가지 물품을 선보이는 경매는 끝났다.

그러나 아직 마계 옥션은 끝나지 않았다.

1차 경매에서 낙찰되지 못하고 유찰된 물품들이나 경매에 내놓자니 부족하고 버리자니 아까운 아이템들과 같은 것이 모여 잡동사니처럼 쌓여 있는 시장이 열렸다.

그 종류만 수십 가지, 물량은 수백에 달했다.

성 외곽에 길게 진열되어 마족들의 눈을 사로잡았다. 이곳은 공개된 장소로서 '자유롭게' 물건을 구매할 수 있는 곳이었다.

"뷔뇨롱의 포크! 용의 눈알을 파먹었다 전해지는 그 유명한 포크입니다!"

"강한 독을 품고 있는 꽃, 셀레느 한 다발 팝니다."

"딱딱한 돌 부족 출신의 오크 50마리가 대기 중입니다!"

판매원은 당연히 어둠의 정령들이다. 하지만 드보롱과 같은 급의 정령은 보이지 않았다.

이곳에 모인 이는 모두 일꾼.

과연 경매에 내놓지 못한 물건답게 그다지 좋은 것은 찾을 수가 없었다. 기껏해야 레어 등급. 마수 역시 아주 좋아봤자 중급 수준이다.

처음에는 관심을 보이던 마족도 슬슬 시들해졌다. 경매장과 달리 사이드홀로 나뉘어 있을 수도 없었기에 파벌 간의 보이지 않는 견제만 더욱 커졌다.

직접적인 전투 행위는 금지다.

그래서 대동한 마수로 기선 제압을 할 수밖에 없었다.

몇몇 마족을 제외하면 모두가 특이한 상급 마수를 대동하고 있었다.

간혹 만물상점에서 판매하지 않는 마수도 보이는 걸 보면 아돌 루프처럼 개조했거나 특정 업적을 달성해서 보상으로 받았거나 운이 좋아 제대로 된 돌연변이를 얻은 경우일 것이다.

던전에서 선별하고 엄선한 마수. 그 자신감이 남다른 건 당연지사다.

"스구프, 공작인 네가 고작 오우거 따위를 대동한 이유가 무엇이냐?"

하지만 우파 진영은 예외였다.

일단 파간 그리울리는 처음부터 마계 옥션에 참여하지 못했고, 그러면 우파 휘하에 남은 공작이라고 해봤자 두 명이 전부인데 그중 하나에 문제가 생긴 것이다.

우파의 질문을 받고 스구프 발할라가 표정을 굳혔다.

쉐이드와 그림자 죄인을 이용해 영국을 구렁텅이로 밀어 넣으려던 마족.

계획대로 진행됐다면 나름 많은 포인트를 손에 넣어 옥션에서 조금이라도 유리한 고지를 차지할 수 있었을 것이지만 지금의 모습은 초라하기 그지없었다.

공작이라는 계급에 걸맞지 않게 고작 오우거 따위나 대동한 것을 보면 알 수 있다. 트윈 헤드 오우거도 아니고 일반 오우거라니! 같은 상급이라고는 하나, 도저히 같은 급으로 볼 수 없는 격차가 둘 사이에는 있었다.

하지만 스구프는 억울했다.

"죄송합니다."

물론 억울할 뿐 그것을 있는 그대로 입에 담진 못했다.

인간 각성자 따위에게 당했다고 어찌 말한단 말인가.

철저하게 계산하여 보낸 마수가 허무히 스러졌다. 본전도

찾지 못한 채 50만 포인트를 홀라당 날려 버렸다. 경매에서도 소극적인 태도를 취할 수밖에 없었던 이유였다.

각성자를 너무 무시한 걸까?

복구할 생각을 하면 벌써부터 머리가 지끈거린다.

"제대로 된 놈이 하나도 없군."

대공 우파가 혀를 찼다.

스구프나 그로기나 마음에 드는 마족이 없었다.

왜인지 모르겠지만 다른 진영에 비해 대동한 마수의 질이 떨어진다. 심지어는 중급 마수를 대동한 얼빠진 녀석도 있었다. 이래선 4개의 파벌 중 가장 약체 평가를 들어도 이상할 게 없었다.

약자는 죽는다. 결코 약해 보여선 안 된다. 강한 '척'이라도 해야 하는 게 마족의 생리다. 그것을 겉으로 판단해 줄 수 있는 게 대동한 마수이고. 그런데 시작부터 밀려 버린 것이다. 대공 우파의 표정이 좋지 못함은 당연했다.

유독 우파 진영의 마족이 일으킨 몬스터 웨이브만 대실패로 끝난 탓인데, 그 배경에는 데빌헌터 공격대와 그곳의 공대장인 랜달프 브뤼시엘이 있었다. 그러나 그 실체를 아는 마족이 없어서 그저 발만 동동 구를 뿐이었다.

"우파 님, 걱정하지 마십시오. 제가 있지 않습니까?"

마족 한 명이 다가와 자신 있게 가슴을 폈다.

그를 본 순간 우파의 눈에 어린 걱정이 살짝 녹았다.

"비자츠. 그래, 네가 있었지."

비자츠 멘담. 대공 우파 휘하의 세 공작 중 한 명이며 가장 계산이 빠른 마족이다. 그는 유일하게 상급 5Lv의 마수인 '킹 와이번'을 대동하고 있었다.

하늘을 가득 덮은, 그 크기만 5m에 이르는 대형 마수. 침체된 분위기를 급변시킬 히든카드다. 킹 와이번급의 마수를 대동한 마족은 다섯이 채 되지 않았다.

"저희 진영을 얕잡아 보는 놈들은 저, 비자츠 멘담이 직접 처형하겠나이다."

"믿겠다."

우파가 겨우 굳은 표정을 풀었다.

동시에 비자츠는 진영의 마족들을 한 번 훑었다.

자신의 권위가 증명되자 의기양양해진 것이다. 세 명의 공작 중 가장 앞서 나가는 데 성공해 우파의 신임을 얻었다. 당연히 같은 공작인 스구프 발할라의 얼굴은 똥 씹은 것처럼 구겨질 수밖에 없었다.

"우파 님, 저놈을 저대로 놔둘 작정이십니까?"

그로기가 슬쩍 끼어들었다.

다르한의 검, 저주받은 설인을 구매한 일로 잔뜩 농락당한 뒤인지라 아직까지 얼굴이 붉었다. 분노를 주체하지 못해 몸이 떨리는 걸 억제하지 못하고 있었다.

그 원인이 무엇인지 모르는 이는 없었다.

대공 우파와 다른 마족들의 시선이 한 지점에 다다랐다.

유일한 중립 마족. 이름이 랜달프 브뤼시엘이었던가? 녀석은 시장에서 물건을 사들이고 있었다. 정말 질릴 정도의 포인트 보유량이다.

그로기가 목대에 핏줄을 세웠다.

"저놈은 우리를 얕보고 있습니다. 하룻강아지 주제에 범무서운 줄 모르고 기어오르고 있다는 말입니다. 이대로 가만히 놔뒀다간 다른 파벌에게 얕잡아 보여도 이상하지 않습니다."

우파 역시 바람잡이를 투입했다.

그러나 압도적인 포인트에 밀려 처참하게 박살 났다. 잔뜩 손해만 입었다.

그것을 다른 파벌이라고 모를 리 없었다. 눈치가 빠른 마족이라면 우파의 계획이 실패했음을 알아차렸을 것이었다.

대공 우파가 턱을 쓸었다.

"어둠의 정령왕은 나로서도 함부로 대할 수 없는 존재다. 그가 이곳에서 마족의 싸움을 바라지 않는다면 나도 어느 정도 예우를 해줄 수밖에 없다."

정령계의 한 축을 지배하는 어둠의 정령왕.

마계로 따지자면 대공과 같다.

그만한 존재의 강력한 요청을 아예 무시할 순 없었다.

그로기가 고개를 내저었다.

"걱정하지 마십시오. 안내하던 어둠의 정령이 말하는 것을 분명히 들었습니다. 올해부터 대동한 마수와의 대결은 허용하겠다고 말입니다."

막 마계 옥션에 강제 소환되고 '녀석'과 부딪혔을 때의 일이다.

당시 녀석을 안내하던 어둠의 정령이 마수의 대결은 괜찮다고 말한 바가 있었다.

"그럼 왜 공지를 하지 않은 것이냐?"

"굳이 분란을 일으킬 필요는 없다고 생각한 거 아니겠습니까? 진짜 분란이 일어났을 때 말할 셈이었겠지요."

우파가 잠시 고민에 빠졌다.

하지만 우파는 놈의 뒤에 있는 마수가 무엇인지 알고 있었다.

"그로기, 네가 가진 다크 워리어 정도로는 기간테스를 이길 수 없다. 과거 기간테스의 성체 한 마리를 죽여본 일이 있기에 잘 알고 있지."

기간테스는 멸종 직전의 최상급 마수다. 숫자가 매우 적어 기간테스를 모르는 마족도 부지기수다. 그러나 우파는 과거 기간테스를 상대해 본 적이 있었다.

다크 워리어가 수십은 있어야 겨우 붙어볼 만큼 격이 달랐다.

그로기의 몸이 부르르 떨렸다.

"하나……."

"네 걱정이 무엇인지 안다. 좋은 정보를 알려준 건 마땅히 칭찬해 주마. 그리고 나 역시 놈을 가만히 놔둘 생각은 없도다."

결론을 내린 우파가 이어서 말했다.

"비자츠, 기간테스는 공중의 공격에 약하다. 킹 와이번이라면 능히 승리를 점칠 수 있을 것이다."

최상급이라고는 하나 약점은 분명히 존재한다.

그 약점을 파고들면 급이 달라도 충분히 상대할 수 있음이었다.

바로 옆에 선 비자츠의 머리가 깊숙이 숙여졌다.

"하룻강아지의 버르장머리를 고쳐 주고 오겠습니다."

옥외 시장.

좋은 물건은 찾기 힘든 잡동사니의 밭을 나는 분주하게 돌아다니고 있었다.

본래라면 나 또한 관심을 두지 않았을 것이지만 경매가 끝난 직후 드보롱이 내게만 건넨 이야기에 귀가 솔깃한 것이다.

나는 잠시 드보롱과 대화를 나눈 수 시간 전의 장면을 회상했다.

"이제 시장이 열립니다. 그곳을 잘 찾아보십시오."

"이것도 정령왕의 시험인가?"

"역시 눈치채셨군요. 그러나 시험은 아닙니다. 정령왕께선 매우 만족하셨고 그곳에 선물을 남기셨습니다."

"웃기고 있군."

"정령왕께선 랜달프 브뤼시엘 님과 좋은 관계를 이어가길 원합니다. 랜달프 님은 유일무이한 균형 파괴자. 그만한 자격이 있는지 알아보려면 그 정도의 시험은 필요했습니다. 부디 노여움을 푸시길."

목록을 바꾸고 간을 본 게 시험이었음을 인정한 것이다.

균형 파괴자라면 네 개의 파벌과 나의 관계를 뜻하는 것일 터.

정령왕은 파벌 간의 균형이 무너지길 바라고 있는 듯싶었다.

아니라면 굳이 균형 파괴자라는 말을 사용할 필요가 없다.

이후 내가 특출한 존재가 되거든 영향력을 끼치고 싶어서이겠지. 정령왕 정도의 이가 호의를 보이면 거기엔 반드시 이유가 있는 법이었다.

게다가 다른 네 명의 대공은 정령왕이 개입할 건더기가 없었다. 이미 자리를 잡고 모든 걸 이룬 그들이 굳이 정령왕의 도움을 필요로 하진 않을 테니까. 도와줘도 효과가 떨어진다.

그런데 나라면 이야기가 다르다고 생각한 것 같았다.

'먹이로 니를 다스리겠다?'

입 사이로 웃음이 비집고 튀어나왔다.

설마설마했는데 정말 그런 생각을 가지고 있을 줄이야.

나라는 마족을 몰라도 너무 모르는 처사였다.

네 파벌과 사이가 매우 나쁘고 그들과 달리 혼자인 마족. 정령왕 본인의 도움 없이는 절대로 이기지 못한다고 판단한 건가? 하여 내가 더욱 그의 도움을 갈구하리라고?

웃기는 이야기다. 정령왕의 도움이 있다면 편하긴 하겠지만 없어도 사실 대계를 이루는 데 큰 지장은 없었다.

그것을 정령왕은 간과하고 있었다.

'준다는데 굳이 받지 않을 필요는 없겠지.'

나는 어깨를 으쓱하며 그 '선물'을 찾는 데 집중했다.

주는 건 받는다. 과연 이걸 되돌려 줄지는 모르겠지만.

심안을 열고 시장 구석구석을 살폈다.

이곳의 물품들은 가격이 낮게 책정되어 있었다. 적당히 쓸모 있어 보이는 게 있으면 구매하기를 주저하지 않았다. 어차피 포인트는 제법 남아 있는 상태였다. 경매에서의 지출이 예상보다 적었던지라 조금은 더 구매할 여력이 되었다.

그렇게 시장을 거의 한 바퀴 돌았을 때쯤, 누군가가 앞을 막아섰다.

"랜달프 브뤼시엘, 너에게 결투를 신청한다."

비자츠 멘담!

우파의 휘하 마족이자 공작인 그가 킹 와이번을 대동한 채 아주 오만한 얼굴로 나를 바라보고 있었다.

'결투?'

나는 잠시 이게 무슨 헛소리인가 싶었다. 결투의 사전적인 의미를 몰라서가 아니다. 게다가 비자츠 멘담은 나 역시 익히 알고 있는 마족이었다. 대공 우파 휘하의 마족이며 공작의 계급을 가진 강자. 이기적이고 기회주의적인, 이를테면 박쥐 같은 놈이었다.

파간 그리올리가 우파에게 버림받았다면 비자츠 멘담은 아리엘과 우파의 싸움에서 아주 중요한 순간에 진영을 이탈한다. 우파의 목이 아리엘로 말미암아 잘려 나간 원인의 절반은 바로 저놈의 배신 탓이다.

이후 판데모니엄 진영에 붙었다가 팽을 당하는 참으로 기구한 운명의 소유자였다. 물론 지금 시점에선 자기 잘난 맛에 사는 권위적인 마족일 따름이지만 그런 놈이 내게 결투를 운운한다? 이게 헛소리가 아니고 무엇이겠나. 그다지 좋은 방향은 아니라고 보았다.

"결투라니. 기사 놀이라도 하고 싶은 건가?"

가볍게 조롱했다. 사실 마족에게 있어서 결투라는 단어만큼 어울리지 않는 게 없다.

"너의 기만행위는 이미 한계를 넘었다. 이를 묵과할 수 없다고 판단한 바, 얌전히 결투를 받아들여라. 그렇지 않 겠다면 겁에 질려 뒤꽁무니를 빼는 것으로 생각하마!"

비자츠 멘담이 일부러 목소리를 높였다. 몇몇 마족이 관심을 가지고 시선을 옮겼다. 내가 피할 수 없으리라고 확신하는 눈초리. 확실히 싸움을 걸었으면 받아주는 게 도리이긴 하다. 자칫 피한다는 인상을 남기면 지금껏 내가 쌓아올린 일들이 와르르 무너져 내릴 수도 있었다.

강자독식, 약자멸시.

그런 사고를 지닌 마족들이 모여 있었다.

'예상보다 늦었군.'

이런 식으로 일을 벌인다는 건 비자츠 멘담은 자신의 패배를 처음부터 상정하지 않았다는 것이다.

나를 이겨서 무언가 이득을 얻을 수 있으리라고 판단한 모양인데…….

하지만 나도 내가 질 것 같지는 않았다.

무엇보다 나는 이런 상황이 오기를 기다리고 있었다. 작년과 달리 건드리는 마족이 없어서 조금은 아쉽던 찰나다. 그런데 또다시 우파 진영에서 가려운 곳을 긁어주겠다고 나섰다. 어찌 기껍지 않을 수 있겠는가!

나는 여유롭게 심안을 열었다.

이름 : 비자츠 멘담

직업 : 마계 공작(던전 마스터)

칭호 :

  *천공의 학살자(Ex U, 민첩+7)

능력치 :

  힘 78

  지능 73

  민첩 83(+7)

  체력 76

  마력 66

  잠재력 (376+7/500)

특이사항 :

스킬 : 위험 감지(U), 천공의 힘(U), 와이번 조종술(Ex U)

[상대 비교]

비자츠 멘답

힘 78 지 73 민 90 체 76 마 66 잠재력 (376+7/500)

랜달프 브뤼시엘

힘 89 지 74 민 77 체 82 마 93 잠재력 (392+23/500)

  과거 마룡을 구매하여 조련한 공작답게 조종술 스킬을 가
지고 있었다. 아마도 등급이 올라가면 와이번 조종술이란 이
름도 바뀔 것이었다. 유일하게 나보다 높은 능력치는 민첩이

었는데 나머지는 크게 별 볼 일은 없었다.

능력치 총합도 다른 공작들과 비슷비슷하다. 383이면 거의 평균값이었다. 내가 415이니 별로 부담스럽진 않았다. 스킬 역시 그다지 눈길을 끌 만한 것은 없었다.

이쯤이면 '압도'라는 단어가 절로 튀어나오게 마련이다.

말 그대로 질 요소가 없었다.

"결투를 받아들이지."

어깨를 으쓱했다.

정령계에서 소란은 좋지 않지만 내가 결투를 신청한 게 아니다. 거기다가 정령왕의 의도를 짐작해 보면 결투가 진행되더라도 얼렁뚱땅 넘어갈 가능성이 높았다.

비자츠가 비웃음을 흘렸다.

"무언가 착각하는 모양이군. 하룻강아지와 범이 서로 싸운다는 건 말이 되지 않는다. 대동한 마수를 가지고 승부를 보자는 것이다, 랜달프 브뤼시엘."

"그것도 그렇군."

대수롭지 않다는 태도로 긍정하였다.

하룻강아지의 역할을 누가 맡게 될지는 결과가 말해줄 것이다.

나는 가만히 비자츠의 뒤에 선 킹 와이번을 바라보았다.

5m 남짓의 거대한 크기, 상급 5Lv의 공중 마수. 지상의, 그것도 민첩하지 못한 기간테스로서는 최상급이라 하더라도

유리하다 할 수 없었다.

하지만 그것은 일반적인 기간테스에게만 국한된 예측이다. 내가 대동한 기간테스는 신을 보좌하던 녀석. 같은 레벨이라도 차이가 날 수밖에 없다. 스킬의 구성도 조금 다른 부분이 있었다.

예컨대 일반적인 기간테스는 대지의 품(Ex U) 스킬밖에 없다. 기간테스라는 종 자체가 육체적 스펙이 워낙에 사기적이라서 최상급 취급을 받을 뿐이지 다른 최상급과 비교하면 조금 떨어지는 게 사실이다. 하지만 내 휘하의 기간테스는 기간틱 슬래쉬(Epic)라 불리는 괴랄한 스킬을 보유하고 있었다.

휘두르는 순간 주변의 모든 걸 파괴시키는 능력.

하늘을 떠다니는 킹 와이번에게도 위협적으로 접근할 수 있을 터였다.

'평범한 기간테스라면 킹 와이번으로도 승리를 점칠 수 있겠지만……'

킹이니 퀸이니 이름이 붙는 마수는 같은 레벨에서도 조금 더 강한 경우가 많았다. 킹 와이번도 다르지 않다. 기간테스를 상대로 꺼낼 수 있는 아주 좋은 패임에는 분명했다.

다만 내 휘하의 기간테스는 일반적이지 않다는 게 문제일 따름이었다.

피식 웃으며 말했다.

"기간테스, 저 새대가리를 죽여라."

"그르! 죽인다!"

쿵!

한 발자국을 내디디며 지근거리에서 기간테스가 광분했다. 기간테스는 투쟁을 좋아하고 싸움이라면 사족을 못쓴다. 이곳에 와서 제대로 된 활동을 못했으니 킹 와이번을 상대로 제대로 놀아줄 수 있을 것이었다.

주변에서 아이템을 판매하던 어둠의 정령들이 급히 대피했다. 딱히 다른 제지가 들어오지 않는 걸 보면 마수의 대결을 암묵적으로 허락하는 분위기다.

곧 너른 장소에 나와 비자츠, 기간테스와 킹 와이번만이 남았다.

나는 가만히 팔짱을 낀 채 이어질 싸움을 가만히 응시하였다.

키에엑!

기간테스가 다가오자 킹 와이번이 거대한 날개를 펼쳐 날았다. 몽둥이가 닿지 않는 거리까지 순식간에 날아갔다. 거구답지 않은 날렵함이다.

하지만 더욱 놀라운 장면이 잠시 후 연출되었다.

하늘에서 날개를 접고 부리에 무게중심을 실어 하강하기 시작한 것이다. 결코 평범하지 않은 움직임. 비자츠의 와이번 조종술(Ex U)이 크게 영향을 주는 게 분명했다.

'조종이란 게 저런 거였나?'

단순히 마수를 타고서 행하는 그런 조종술을 생각했는데 그건 아닌 듯싶었다. 멀리 떨어져 있어도 와이번을 자기 몸처럼 다루는 스킬이었다.

이러면 1:1이 아니라 2:1이다. 기간테스는 둘의 합공을 받아내는 셈이었다.

후웅!

지상으로 낙하하는 킹 와이번을 저지하고자 기간테스가 크게 몽둥이를 휘둘렀다. 그러나 킹 와이번은 기간테스가 몽둥이를 휘두르려는 그때, 살짝 날개를 펼쳐 순간적으로 감속했다. 동시에 몸 전체가 은색을 띠며 강철처럼 단단하게 변했다.

킹 와이번이 지닌 철갑(Ex U) 스킬이다.

콰앙!

킹 와이번은 말 그대로 지상에 꽂혔다. 지상에 크레이터처럼 거대한 구멍이 생겨났다. 기간테스가 아슬아슬하게 피해 냈지만 피해가 아예 없을 순 없었다. 오른쪽 어깻죽지가 심하게 훼손된 것이다.

공중 마수가 이런 변칙적인 공격을 해올 줄은 누구도 예상할 수 없었다.

"죽인다! 이긴다!"

기간테스의 얼굴이 붉어졌다.

쿠르릉!

이대로 가만히 있을 수는 없다고 생각했는지 빠르게 대지의 품 스킬을 발동시켰다. 주변의 땅이 일어나고 마치 벽처럼 형성되기 시작했다. 벽으로 가둬서 날지 못하게 할 심산이었다.

하지만 킹 와이번도 호락호락 당해주진 않았다. 대지의 품이 발동되기 직전에 그럴 줄 알았다는 듯 하늘로 떠버렸다. 기간테스가 어떠한 고유 스킬을 지녔는지 모른다면 보일 수 없는 동작이다. 몸집답지 않은 민첩함이 이번에도 나왔다.

기간테스가 스킬을 취소하고 신경질적으로 발을 굴렀다. 일방적으로 당했으니 화가 날 법하였다.

그러자 킹 와이번을 조종하는 비자츠의 얼굴에 음흉함이 서렸다.

"항복한다면 받아줄 의향이 있다. 최상급 마수의 죽음은 나로서도 안타깝거든."

나는 대답조차 하지 않았다. 고작 한 차례 공격을 성공한 걸로 기고만장하기 짝이 없다. 아직 기간테스는 지닌 바 역량을 조금도 보여주지 못했다. 그저 변칙적인 공격으로 인해 잠시 당황했을 뿐이었다.

"죽인다! 이긴다!"

기간테스가 하늘을 향해 몽둥이를 휘둘렀다. 다른 누군가가 보았다면 몸부림이라고 비웃었을 행위. 그러나 나는 저게 기간틱 슬래쉬라는 걸 알아보았다.

일선(一線)에 대한 파괴력만큼은 절대적인 스킬!

몽둥이에 마력이 응집되며 곧 전방으로 쏟아져 나갔다.

콰콰콰콰콰쾅!

하늘을 베어버릴 기세였다. 공간을 뒤흔들고 막힘없이 나아간다. 제아무리 철갑 스킬을 보유한 와이번이라도 직격당한다면 뒤를 기약할 수 없을 가공할 만한 마력의 응집이었다.

다행히 조준력이 떨어져서 피해냈지만 심장이 쪼그라드는 순간이었다.

"저게 무슨 스킬이지?"

"⋯⋯."

하늘 위, 거대한 구름을 정확히 반토막 낸 기간틱 슬래쉬를 바라보며 몇몇 마족이 웅성댔다. 그들이라고 방금 전 기간테스의 공격이 심상치 않았음을 알아보지 못할 리가 없는 것이다. 특히 대공 우파의 표정이 굳었다.

과거 자신이 사냥한 기간테스는 성체였지만 저런 스킬을 사용한 적은 없었다. 대지의 품 스킬이야 기간테스 종족의 고유 스킬이니 확인한 바가 있지만 저런 무지막지한 공격 스킬을 보는 건 처음인 것이다.

이것은 커다란 변수였다. 기간테스는 움직임이 둔해서 공략법만 알면 필승이라 여겼다. 그 공략법이란 것도 사실 별게 없었다. 잡히지 않고 갇히지 않는 거다. 이는 비자츠의 조종술이 충분히 커버할 수 있는 사안이었다.

하지만 저 공격 스킬은 원거리에서의 저격이 가능하다. 자칫 스치기라도 했다간 비행 능력이 크게 떨어질 것은 당연지사다. 물론 저런 스킬을 무한정 남발할 순 없을 터였다. 결국 잡히지 않고 갇히지 않는 공략법에 '반드시' 피해야 한다는 추가 공략이 적힌 셈이었다.

그러나 대공 우파의 예상은 크게 빗나갔다.

기간테스는 질리지도 않고 기간틱 슬래쉬를 쏘아내고 있었다. 이미 주변의 지상은 넝마가 되었으며 하늘을 떠다니는 구름은 해체되지 않은 게 없었다.

저건 무한 발동 스킬이라도 된다는 말인가?

이에 따라 킹 와이번의 움직임도 소극적으로 돌변했다.

우파 진영의 마족은 침조차 삼키지 않고 둘의 싸움을 지켜봤다. 당연히 이기리라 생각한 싸움이 이상한 방향으로 흘러가고 있었다. 여기서 비자츠가 면을 세우지 못한다면 다른 세 진영으로부터 큰 비웃음을 살 것이다. 우파로서도 결코 용납할 수 없는 일이다.

키에엑!

하지만 무한정 스킬을 피해내는 건 불가능하였다. 공격을 하지 않고 피하기만 하는 상황. 이미 그 자체로도 이길 가능성이 대폭 내려간다. 결국 오른쪽 날개에 기간틱 슬래쉬를 직격당하고 말았다.

균형을 잃은 킹 와이번이 공중에서 잠시 비틀거렸다.

그것을 놓칠 기간테스가 아니다.

다시 한 번 크게 몽둥이를 휘둘렀고.

콰콰콰콰콰콰쾅!

킹 와이번이 정확히 둘로 갈렸다.

철푸덕!

킹 와이번의 시체가 지상에 떨어졌다. 솟구치는 피의 향연. 주변은 정적만이 가득했다.

비자츠의 안색이 새파래졌으며 우파는 분노를 이기지 못해 조금이나마 몸을 떨었다.

이에 나는 작게 말했다.

"하룻강아지."

역할 배정이 끝났다.

결국 범은 나였다.

우파와 휘하 마족들이 자리를 떠났다. 마치 도망이라도 가는 것처럼 신속하기 그지없었다. 나는 가만히 그 뒤를 바라보며 조소를 흘렸다.

이기리라 장담한 싸움에서 졌다. 그것도 주변의 모든 파벌이 지켜보는 가운데에서 말이다. 얼마나 분통할지 나로선 상상도 되지 않는다.

어쨌거나 작년의 일과 겹쳐 적어도 대공 우파의 대적자로는 내가 떠오르게 되었다. '뭔가 있어 보이는 졸부'에서 '확실하게 뭔가가 있는 졸부'로 이미지를 변경하는 데 성공한 것이다. 어쩌면 몇몇 마족은 '신경 쓰이는 강자' 정도로 여길 수도 있겠다.

나는 마족들의 시선을 아랑곳하지 않은 채 다시금 정령왕이 남긴 물건을 찾아 나섰다. 약 30분간 하나의 물건도 빠지지 않고 전부 뒤진 결과, 신경 쓰이는 아이템 하나를 발견할 수 있었다.

나는 심안을 통해 그 아이템의 상세 정보를 확인했다.

이름 - 정령왕의 레시피
설명 : 정령왕이 무언가의 공식 같은 것을 적어놓은 종이.
　**유니크 등급 이상의 관찰 계열 스킬이 있어야 읽을 수 있다.

'아무리 봐도 이거 같군.'
정령왕이란 이름이 달린 물건은 이것 하나뿐이었다.
'레시피라.'
이게 선물이란 말인가?
반신반의하며 헌 종이 쪼가리를 구매하였다.
그 순간이었다.

[믿기지 않는 업적! 어둠의 정령왕이 낸 시험을 통과했습니다.

이 업적은 어둠의 정령왕이 '설정'한 것으로서 업적 점수가 추가되진 않습니다. 대신 어둠의 정령왕이 '설정'한 추가 보상을 얻을 수 있습니다.]

[1,000,000pt가 지급됩니다.]

['세계수의 씨앗'을 획득했습니다.]

[마계 옥션이 종료됩니다. 강제 전이에 대비하십시오. 30, 29, 28……]

Chapter 21

세계수

Dungeon Hunter

 강제 전이가 끝나고 던전으로 돌아오자 바로 옆에서 이히가 눈을 동그랗게 뜨고 있다. 이어 날개를 팔락거리며 주변을 빙글빙글 날았다.

 "오셨어요, 마스터!"

 "정신 사납다."

 파리처럼 날아다니는 이히의 몸을 잡아 던전 코어 위에 가만히 내려놓았다. 이히는 영체지만 던전 코어로 연결되어 있어서 이런 접촉이 가능했다.

 "마스터, 마스터. 이히의 말을 들어보세요. 영원의 꽃을 15층에 심었더니 주변 경관이 너무 예뻐지는 거 있죠?"

 이에 아랑곳 않고 이히가 조잘거렸다.

 영원의 꽃은 1년 차 마계 옥션이 끝나고 내가 이히에게 선물한 아이템이다. 물을 주지 않아도 영원히 피는 희귀한 꽃.

나는 가볍게 답했다.

"그렇군."

"이참에 꿀벌들도 옮기려구요. 이히히. 더 맛있는 꿀이 만들어질 거 같아서 이히는 굉장히 기대 중이랍니다."

"그렇군."

"그런데, 마스터. 이번에는 이히에게 줄 선물이 없나요?"

자신의 속을 못 알아차려서 조금 답답했는지 이히가 울상을 지었다. 하기야 난데없이 영원의 꽃 이야기를 늘어놓는 이유가 그 외엔 달리 없었다.

던전 코어의 요정 주제에 주인에게 무언가를 바라다니. 나는 이 행태를 한번 꾸짖을까 고민하다가 내심 고개를 저었다.

"곧 나올 거다."

옥외 시장에서 이히가 좋아할 법한 물건을 하나 사오긴 한 것이다. 꿀벌과 관련된 약간의 비리가 있긴 했지만 그간 던전을 제대로 경영해 준 공로를 높이 사 이 정도는 애교로 넘어가 줄 수 있었다.

이히가 보석같이 맑은 눈을 쉴 새 없이 깜빡였다. 마치 모터라도 달은 듯 날개가 퍼덕였다.

"와! 이히가 잘못 들은 게 아니겠지요? 그럼 어디 한번 맞혀볼게요. 음, 아카시아꽃! 밤꽃! 유채꽃! 이히히. 마스터,

이 꽃들에서 채취하는 꿀은 엄청 달아요. 또……."

죄다 꽃 종류다. 그만큼 꽃을 사랑한다는 방증이기도 하였다. 어쩐지 맞힌다기보단 자기 취향을 나열하는 느낌이지만 나는 가만히 이히가 떠들도록 놔두었다.

곧 주변 공간에 균열이 생겼다.

내가 경매에서 낙찰받은 물건들이 나타나기 시작했다.

옥외 시장에서 구매한 몇 가지 쓸모 있는 물품도 마찬가지다.

이번 마계 옥션에서 구매한 모든 것이 공간의 균열을 통해 모습을 드러내자 이히는 입을 크게 벌리며 내내 감탄을 늘어 놨다. 그러더니 한곳에 시선을 집중시켰다.

"어……."

킹비!

그 크기만 1m에 달하는 대형 벌.

하급이지만 마수로 책정된 괴물이다. 만물상점에서는 팔지 않지만 옥외 시장에서 파는 걸 발견하곤 샀다. 킹비가 채취한 꿀은 조금 더 풍취가 있다는 이야기를 전생에서 이히에게 들은 적이 있었다.

이히는 본능적으로 저것이 자신의 선물임을 알아보았다.

그러나 생김새가 압권이다.

평범한 벌과 달리 더듬이가 집게처럼 날카롭기 짝이 없다. 입도 크고 눈도 부리부리하다. 수십 마리가 모여 있으니 살

떨리는 광경이 연출되었다. 벌이라고 부르기도 미안한 모습.

"귀엽다!"

그러나 이히에겐 같은 벌일 따름이었다.

이히가 함박웃음을 지으며 킹비를 이끌고 사라졌다. 몸을 배배 꼬며 볼에 입을 맞추려는 걸 손가락으로 저지하니 그것도 괜찮다는 듯 어깨를 들썩였다. 꽤나 선물이 마음에 든 모양이었다. 연방 '마스터, 최고!'를 외쳐 대는 통에 여간 시끄러운 게 아니었다.

이후 나는 경매에서 구매한 물건들을 쭉 훑다가 아스트랄 코드를 손에 쥐었다.

'우선 이것부터 사용해 봐야겠군.'

다시 한 번 심안을 열어 아스트랄 코드의 옵션을 확인했다.

이름 - 아스트랄 코드(U)

설명 : 아이템에 한 가지 옵션을 부여한다.

*능력치를 +1~2, 아이템의 고유 특성 강화 중 무작위로 선택된다.

**실패 확률은 사용자의 마력에 반비례한다.

결국 강화 아이템이다.

무작위 능력치 하나를 1에서 2 올려주거나, 아니면 그 아이템이 가진 고유 특성 하나가 강화되는 옵션을 가지고 있었다.

무엇을 강화시킬까?

잠시 고민하다가 분노를 꺼내 들었다. 내가 사용하는 물건 중 가장 좋은 무구가 이것이었다. 나태도 있기는 하지만, 그것은 망토다. 직접 휘두르는 검만큼 중요하진 않았다.

'분노를 강화시켜야겠어.'

아이템을 사용하는 방법은 간단하다.

"아스트랄 코드."

그 이름을 한 번 불러주면 된다.

곧 검은색의 물체에서 오색찬란한 빛이 뿜어졌다.

[아스트랄 코드가 작동되었습니다. 강화시킬 아이템을 선택해 주십시오.]

[1. 분노(Epic) 2. 나태(Epic) 3. 파라노말(U)]

현재 내가 가지고 있는 무구는 이 세 개가 전부였다.

나는 바로 분노를 선택했다.

[아이템 '분노'에 아스트랄 코드가 덧씌워집니다. 잠시만 기다려 주십시오.]

[높은 마력 보정(93)으로 성공 확률이 대폭 올라갑니다.]

[진행률 1%, 2%, 3%······ 100%.]

[특성 강화가 선택되었습니다. 아이템 고유 스킬 '분노(Epic)'의 요
구 조건이 낮아졌습니다. 이제 지능이 76 이상이면 상태 이상에 걸
리지 않습니다.]

주먹을 꽉 쥐었다. 숨이 살짝 거칠어졌다.

무작위 능력치 2가 올라도 대박이라 생각하고 있었다.

그런데 특성 강화가 선택된 것이다. 그것도 평소 문제라고
여긴, 계륵과 다름없었던 스킬 '분노'의 지능 요구 조건이 대
폭 낮아졌다. 지금 내 지능은 74. 이 정도면 거의 영향을 받
지 않는다고 봐도 좋았다.

아니었다면 80은 넘어야 스킬을 사용할 엄두를 냈을 터
였다. 아스트랄 코드를 사용한 덕분에 고질적인 문제 하나가
해결된 셈이다.

'시작이 좋다.'

시작이 반이랬다. 나는 즉시 정령왕의 레시피를 들었다.

'레시피라 함은 무언가를 만드는 방법이 적혀 있겠지.'

어둠의 정령왕.

그는 내가 무엇을 만들길 바라며 선물이랍시고 이런 종이
뭉치를 건네준 걸까?

값비싼 양피지 몇 장이 둘둘 말려 있는 형태. 나는 말려 있
는 양피지를 풀고 적혀 있는 글귀를 확인했다.

하지만 글자는 흐릿하기 그지없었다. 육안으로는 확인이 불가능할 듯했다.

'숨겨진 옵션⋯⋯.'

이윽고 '유니크 등급 이상의 관찰 스킬'이 있어야 보는 게 가능하다고 적혀 있던 걸 기억해 냈다. 즉시 심안을 열자 글씨가 조금씩 뚜렷해졌다.

[′정령왕의 레시피′를 확인했습니다.]

[봉인의 등급보다 심안의 스킬 등급이 더욱 높습니다. 아무런 페널티도 주어지지 않습니다.]

연이어 떠오르는 메시지 창.

나는 이를 무시하고 레시피에 적힌 글귀를 확인했다.

「이 레시피에 적힌 아이템을 만들기 위해서는 유니크 등급 이상의 조합 스킬이 필요하다.

달의 눈물+태양의 미소=마력의 결정체(저주)

마력의 결정체(저주)+엘릭서+유니콘의 뿔=마력의 결정체(순수)

마력의 결정체(순수)+세계수의 씨앗=발아한 세계수의 씨앗」

단 세 줄.

그러나 매우 의미 있는 세 줄이었다.

'세계수를 틔우는 방법…… 인가?'

나는 한동안 할 말을 잃고 레시피에서 시선을 떼지 못했다.

세계수. 던전을 확장하기 위한 최고의 구조물. 그 하나만으로도 천만 포인트 이상의 값어치를 하는 거대한 생명의 나무였다.

과거 오쿨루스를 제외하면 누구도 싹을 틔울 수 없었다. 그러나 오쿨루스는 철저하게 세계수를 틔운 방법을 함구했다.

나는 잠시 감탄을 내뱉었다.

'조합을 해야 했던 것인가.'

단순히 세계수의 씨앗만 있다고 싹이 트진 않는다는 것이다. 조합을 통해 발아를 시켜야 한다. 하지만 어느 누가 세계수의 씨앗을 조합에 사용하려 하겠나.

씨앗 자체만으로도 상당히 고가인 데다가 구하기도 쉽지 않다. 전생을 통틀어 마계 옥션에 나타난 일 자체가 거의 없었다. 기껏해야 서너 번? 그런데 조합을 잘못하면 전혀 다른 아이템이 튀어나올 가능성이 무척이나 높았다. 그것도 전혀 가치 없는 아이템으로 말이다.

도박. 그러나 레시피가 있다면 이야기가 다르다. 물론 어둠의 정령왕이 제대로 적었을 경우에 한하지만 선물이란 이름으로 내줬는데 속였을 것 같지는 않았다.

무엇보다 정령왕은 균형이 무너지기를 바라고 있었다. 나를 시험하며 선택했으니…… 가장 빠르게 세력을 넓힐 수 있는 방법 중 하나가 '세계수'였다. 마수의 번식률이 증가하고 대지의 정령이 자동으로 생성된다. 뿌리 등을 이용해 높은 등급의 무구를 만들 수도 있었다.

'문제는 조합 스킬이로군.'

내가 가진 '스킬 조합(R)'은 아이템을 조합시킬 수 없었다. 턱을 쓸고 고민하다가 이번에 함께 구매한 현자의 비약을 들었다.

이름 : 현자의 비약

설명 - 연금술의 총체. 유니크(U) 미만 스킬의 등급을 한 단계 끌어올린다. 유니크(U) 등급 스킬에 사용할 경우 반 단계 위인 익셉셔널 유니크(Ex U) 등급이 된다. 그 이상의 등급에는 효과가 없다.

레어 등급의 스킬은 유니크 등급이 되었을 때 한 차례 변한다. 유니크란 말 그대로 유일무이. 레어 등급은 지천에 널렸지만 유니크 등급이 됨으로써 고유한 가치를 갖게 된다.

'스킬 조합의 등급을 올리면 조합 관련 스킬이 나온다. 보통은 평소 행한 행동에 따라 변화하지만 현자의 비약을 사용하면 무작위인 경향이 있지.'

사용할지 말지 고민이 되었다.

하지만 유니크 등급 이상의 조합 관련 스킬은 만물상점에서도 팔지 않았다. 아니, 선택의 여지도 없이 조합 관련 스킬은 '스킬 조합(R)' 하나뿐이었다.

다른 것을 구하려거든 마계 옥션을 통하거나 특수한 이벤트를 해결해 보상으로 얻거나 하는 방법밖에 없었다. 당연히 지금 당장은 불가능하다.

'어쩔 수 없군.'

내가 갈 수 있는 길은 무척 한정적이었다.

내년 마계 옥션까지 기다릴 수도 있겠지만 그건 시간이 너무 오래 걸린다. 나온다고 확신할 수도 없다. 시간만 버릴 가능성이 높다.

아이템도 조합할 수 있도록 범용성 넓은 스킬이 나오기를 바랄 수밖에 없었다. 게다가 정령왕은 이런 것까지 미리 계산하고 있을 수도 있었다. 만물상점에서 파는 목록을 정령왕이 모를 리 없으니까.

조합 스킬을 구할 수 없으리라 판단했다면 아예 관련 스킬을 내게 줬어도 이상하지 않았다. 예상이긴 하지만 그렇지 않다는 것은 나 스스로가 충분히 해결할 수 있다는 뜻일 터.

혀를 차며 현자의 비약을 마셨다.

[현자의 비약을 섭취하였습니다. 등급을 올릴 스킬을 선택해 주

세요.]

[1. 스킬 조합(R)]

조합할 수 있는 스킬도 하나가 전부였다. 나머지 스킬은
모두 에픽 등급이었는지라 현자의 비약이 소용없었다.

어차피 이미 시작한 일. 미련은 없었다. 빠르게 등급을 올
릴 스킬을 선택했다.

[스킬 조합(R)이 만물 조합(U)으로 변경되었습니다.]

생소한 이름이다. 전생에서도 그다지 들어본 적이 없었다.
상태창에서 스킬을 유심히 쳐다보자 그에 관한 설명이 허공
에 떠올랐다.

만물 조합(U) - 만물(萬物)이란 세상에 있는 모든 것이다. 하지만 거
창한 이름과 달리 한계가 있다. 사용자가 사용하는 스킬을 포함한 대
부분의 것을 조합하는 게 가능하다.

고개를 끄덕였다. 다행스럽게도 범용성이 무척 넓은 스킬
이 나왔다.

'괜찮군.'

예상한 것보다 더욱 좋은 결과에 나는 만족스러운 미소를

지었다.

이제 남은 건 레시피에 적힌 그대로 행하는 것이다.

달의 눈물과 태양의 미소, 엘릭서와 유니콘의 뿔, 그리고 세계수의 씨앗.

내 던전에 세계수가 나타난다 생각하니 벌써부터 손에 땀이 고였다. 오쿨루스는 세계수 하나로 엄청난 이득을 취했다. 다른 마족은 엄두도 내지 못할 만큼의 질 좋은 마수를 많이 보유했다.

지금도 상당히 유리한 고지를 차지하고 있지만 세계수마저 나타난다면 적어도 던전의 질에 있어선 나를 따를 수 있는 자가 없었다.

한국의 던전 하나가 다른 던전 다섯 개의 값어치는 충분히 할 수 있으리라. 고작 2년 차임을 감안하면 그 차이는 점점 벌어질 것이었다.

게다가 나는 세계수의 씨앗이 하나가 더 있었다. 그것마저 어떻게든 틔울 방법을 찾는다면 무려 두 개의 세계수를 갖게 된다.

전무후무.

전생에서조차 없었던 이변을 내가 직접 일으킬 수 있다고 생각하니 좀처럼 흥분이 가시질 않았다.

나는 다시 한 번 레시피에 시선을 옮겼다. 그리고 만물상점 창을 불러와 필요한 물품을 구매하기 시작했다.

[마력의 결정체(순수)와 세계수의 씨앗을 조합하는 데 성공했습니다.]

[조합 결과는 매우 성공적입니다. '발아한 세계수의 씨앗'이 완성되었습니다!]

엘릭서와 유니콘의 뿔. 다행히 둘 다 만물상점에서 구매할 수 있었다. 재료가 전부 모이자 조합을 시도했고 조합이 완료되자 손 위에 싹을 틔운 씨앗 하나가 덩그러니 남아 있었다.

크기는 고작 엄지손가락만 하지만 잠재력은 무궁무진하다. 양지바른 땅에 묻어주면 성장 정도에 따라 족히 수십, 수백 미터까지 자라나는 거대한 나무가 될 것이다.

나는 마계에서 한 번, 그리고 오쿨루스의 던전에서 한 번, 총 두 번 세계수를 본 적이 있었다. 그 위엄이란 이루 말할 수가 없다. 보는 순간 압도되며 할 말을 잃게 만드는 마력. 온몸에 전율이 흐르게 만드는 존재감······.

세상에 존재하는 모든 것 중 가장 아름답고 황홀했노라고 자신 있게 말할 수 있었다.

'왜 엘프들이 세계수에 목을 매는지 알 수 있었지.'

물론 세계수 자체가 가져다주는 이점도 큰 역할을 할 것이다. 하지만 엘프에게 있어서 세계수는 자존심이며 긍지다. 생명력이 요동치는 거대한 나무는 엘프의 뿌리와 깊있다.

강한 엘프만이 세계수 근처에 사는 걸 허락받는 것도 비슷한 이유였다.

'적힌 내용은 얼마 없었으나…… 충분하다.'

레시피는 진짜였다.

적어도 어둠의 정령왕이 내게 호의적이라는 사실은 확실히 알 수 있었다.

보통 이런 선물을 받으면 부담스러워하게 마련이지만 개의치 않았다. 나는 마계 옥션에서 어마어마한 포인트를 사용했고 앞으로도 사용할 예정이다. 하물며 바람잡이 역할을 도맡아 그들에게 커다란 이득을 안겨주지 않았던가.

충분히 받을 자격이 있다.

여기서 한 발자국 더 나아가 내게 무언가를 바란다면 문제가 되겠지만 아직 그런 일은 일어나지 않았다. 설령 내가 그들의 부탁을 거부한대도 그들로선 나를 해코지할 방법이 없었다.

VIP. 혼자서 파벌급의 포인트를 사용하는 나다.

세계수로 큰 이득을 얻어 마계 옥션에서 사용한다면 정령왕으로서도 딱히 손해는 아니었다. 괘씸하긴 하겠지만 그게 전부다.

나는 조심스럽게 씨앗을 들고 15층으로 걸음을 옮겼다.

이윽고 다크 엘프의 마을 근처에서 마력을 개방하자 얼마 지나지 않아서 줄리엄이 달려왔다.

"던전 마스터를 뵙습니다."

"세계수의 씨앗을 심어놓은 장소가 어디냐."

단도직입적으로 물었다.

아돌 루프의 던전에서 얻은 발아하지 않은 세계수의 씨앗.

지력이 가장 강한 장소에 묻어놨을 터이니 그곳에 함께 심을 작정이었다.

줄리엄이 한 차례 눈을 깜빡이며 물었다.

"여기서 멀지 않습니다. 하온데…… 실례가 되지 않는다면 연유를 여쭤어도 되겠는지요?"

"세계수의 씨앗을 심을 작정이다."

"이미 심어놓지 않았습니까?"

"그것은 발아하지 않았지. 내가 말하는 건 발아한 세계수의 씨앗이다. 보아라."

오른손을 펼쳐 발아한 세계수의 씨앗을 보여주었다.

씨앗 자체가 방대한 마력을 품고 있었기에 줄리엄이 못 알아볼 리는 없었다. 거기다가 이미 묻은 세계수의 씨앗과 똑같이 생겼으니……. 하지만 한 가지, 씨앗이 발아한 상태라는 점은 확실히 달랐다.

"……!"

차이점을 깨닫고 줄리엄이 숨을 멈췄다. 전신을 바르르 떨어대며 핏줄이 보일 정도로 눈을 크게 떴다.

세계수의 씨앗이 두 개가 있는 것도 놀라운데 무려 하나는 발아한 상태다. 곧 줄리엄은 내가 한 말의 저의를 깨닫고 급히 허리를 세웠다.

"즈, 즉시 안내해 드리겠습니다."

침을 꼴깍 삼키는 줄리엄의 표정에 다급함이 서렸다.

15층의 중심부.

그곳에 세계수의 씨앗이 묻혀 있었다.

비옥한 땅. 흙의 상태도 고르고 지력 역시 훌륭했다. 심기만 하면 그게 무엇이든 빠르게 자라날 대지였다.

그 주변에서 수십의 다크 엘프가 모여 앉아 노래를 부르고 있었다. 크리슬리도 있었는데 붉은 피로 얼굴에 문신을 그리고 씨앗의 가장 가까이에 앉아 정신을 집중하는 중이었다.

강렬한 마력의 파동이 느껴진다. 풀 따위가 눈에 띄게 자라나고 있었다. 이는 엘프라면 모두가 본능적으로 행할 수 있는 생명찬가다.

씨앗을 발아시키기 위한 의식인 듯싶지만 그다지 효과는 없어 보였다. 씨앗은 조합을 통해 발아를 시켜야 했으니 일반적인 방법으로는 소용이 없는 듯싶었다.

"집중해 주십시오. 의식을 중단하겠습니다!"

줄리엄이 손뼉을 쳤다. 의식의 집중력이 단번에 흩어졌다.

다크 엘프들이 눈을 뜨며 의아해하는 얼굴로 시선을 돌렸다.

그러곤 허겁지겁 자리에서 일어나 내게 고개를 숙였다.

"던전 마스터를 뵈옵니다."

"던전 마스터를 뵙습니다."

나는 가만히 그들의 중심에 선 크리슬리를 바라보았다. 의식을 위해 피로 얼굴을 적시긴 했으나 평소의 매혹적인 자태가 어디를 가는 것은 아니었다. 하지만 그 자태를 감상하기보다는 먼저 물어볼 게 있었다.

"시간이 꽤 지났다. 진전이 있었나?"

"……없었습니다."

크리슬리가 힘없이 답했다.

씨앗을 얻고 벌써 수개월. 자신 있게 시작한 일이지만 여전히 제자리걸음이었다.

"사용한 방법을 말해보라."

"먼저 지력을 높였습니다. 성장을 촉진하는 벌레를 이용했고 요정님께 부탁하여 흙을 바꾸었습니다. 대지의 정령을 불러들여 자문을 구하기도 했지만 그들도 세계수에 관한 이야기는 잘 모르는 듯했습니다. 지력을 한데 모아 씨앗에 집중했지만 주변의 나무들만 죽었을 뿐이었지요. 마지막으로 생명찬가의 의식을 1개월째 행하는 중이었사온데……. 그다지 효과는 없는 것 같습니다, 나의 던전 마스터시여."

크리슬리는 하나의 가감도 없이 솔직하게 답변했다. 모든 방법이 실패하고 마지막 동아줄을 붙잡는 심정으로 의식을 행했다는 말이었다.

'확실히 조합 외엔 없는 모양이군.'

혹시나가 역시나였다. 만에 하나를 위해 물었지만 예외는 없었다.

손에 든 씨앗을 크리슬리에게 넘겼다.

그러자 크리슬리가 갸우뚱하며 입을 열었다.

"이것이 무엇인지요?"

"새롭게 심을 세계수의 씨앗이다."

크리슬리는 눈치가 빠르다. 다시 물을 필요도 없이 이것이 진짜임을 알아차렸다. 하지만 여전히 의문인 점이 한 가지 남아 있었다.

"나의 던전 마스터시여, 제가 잘못 본 게 아니라면 이미 발아를 한 상태인 것 같습니다."

나는 대수롭지 않게 말했다.

"제대로 보았다."

"아……!"

제대로 보았다는 그 한마디면 충분했다. 모든 걸 깨우친 크리슬리가 감탄을 뱉었다. 지금껏 행한 다크 엘프들의 노력이 한순간에 물거품이 됐지만 그보다는 세계수가 발아했다는 기쁨이 더욱 컸다

"함께 심을 생각이십니까?"

"고민 중이다. 혹, 세계수가 한 장소에 둘이 나타난 경우를 알고 있나?"

크리슬리가 한참을 고민하다가 어깨를 축 늘어뜨렸다.

"죄송합니다. 들어본 적이 없습니다."

"다른 이는?"

다크 엘프의 면면을 쭉 훑었다. 그러나 고개를 끄덕이는 이는 한 명도 없었다.

나는 잠시 턱을 짚었다. 줄리엄이나 크리슬리는 마계나 중간계의 역사에도 정통한 편이었다. 이 둘이 모른다면 진짜 없었을 가능성이 농후하다.

'일본의 던전에 심거나, 둘을 함께 심거나.'

나머지 하나가 발아한다는 확신은 없지만 그래도 고민하지 않을 수 없었다. 하지만 둘이 함께 심는 방향으로 점점 심증이 기울었다. 이는 경매에서 구매한 한 아이템 때문이다.

풍요의 여신상!

근처에 존재하는 한 가지 '종'에 대하여 번식률 등을 올려주는 에픽 등급의 아이템. 세계수의 씨앗 역시 그 범주 안에 들어간다. 다만 번식 대신 성장에 큰 영향을 줄 따름이다. 일본의 던전에 하나를 옮기면 그곳에 있는 씨앗은 이 효과를 받을 수가 없었다.

결정을 내리곤 말했다.

"둘을 함께 심겠다."

"괜찮으시겠습니까? 저희는 세계수에 대해 잘 알지 못합니다. 발아한 하나의 씨앗이 제대로 성장한다 해도 나머지 하나가 어찌 될지 알 수 없습니다."

"상관없다."

크리슬리가 걱정 가득한 얼굴로 간언하였다. 그리고 그녀의 말도 틀리진 않았다. 모든 건 확실하지 않은 변수 속에 있었다.

고민한 대로 하나를 일본의 던전에 심으면 리스크는 확실하게 줄어들 것이다. 하지만 이 둘을 함께 성장시킨다면 그이상 돌아오는 게 있으리라고 예상했다.

풍요의 여신상이 주는 축복의 효과를 하나만 받게 하자니 너무나 아까웠다.

게다가…… 이 축복의 효과로 말미암아 나머지 하나가 발아할지 어찌 아는가?

먼저 성장한 세계수가 좋은 효과를 가져다줄지도 모르는 일이다.

어떠한 선택을 하든지 아쉬움이 남는다면 조금 더 마음이 끌리는 쪽으로 거는 편이 나았다. 어차피 100% 만족할 수 있는 일은 거의 없었다.

나는 더 이상의 반론은 허락하지 않겠다는 듯 가만히 고개를 끄덕였다. 그와 동시에 크리슬리를 비롯한 다크 엘프들의 눈에 '사명감'이 생겨났다.

두 개의 세계수.

그들이라고 욕심이 나지 않을 리 없었다. 크리슬리는 단지 나를 생각하여 걱정을 했을 뿐이었다.

만약 틔우는 데 성공한다면…… 이는 엄청난 축복이다. 유례없을 일이며 어느 누구도 누리지 못한 강력한 혜택 속에서 살아갈 수 있으리라.

"이곳이 가장 지력이 강한 곳임에는 분명할 테지?"

"분명하옵니다."

두 발자국 앞으로 다가온 크리슬리가 자신 있게 답했다.

나는 마법 주머니에서 풍요의 여신상을 꺼냈다. 1m 50㎝ 가량의 풍만한 여인이 미소 짓고 있는 석상. 다크 엘프들이 궁금증 어린 눈빛으로 그것을 바라봤지만 아랑곳 않고 축복을 발동시켰다.

"풍요의 여신상."

이어 창 하나가 허공에 떠올랐다.

[한 가지 종에 한하여 '풍요의 축복'을 내릴 수 있습니다. 축복의 범위는 여신상의 반경 50㎞이며 지정된 범위를 벗어나면 효과가 사라집니다.]

[근처에 존재하는 종의 목록을 불러옵니다. 축복을 내릴 종을 선택해 주십시오.]

[1. 다크 엘프 2. 천년목 3. 킹비 4. …….]

근처에 존재하는 종의 목록이 수없이 떠올랐다. 나는 그중 12번에 놓인 '세계수'를 찾아내고 선택했다. 그것만 있는 걸 보면 발아한 세계수의 씨앗도 같은 취급을 받는 것 같았다.

세계수를 선택하자 풍요의 여신상에서 환한 빛이 쏟아져 나왔다. 그 빛은 던전의 15층에 넓게 퍼져 나갔고 이윽고 세계수의 씨앗에 모여들었다.

[세계수에 풍요의 축복을 내렸습니다. 성장 속도가 대폭 증가하며 더욱 건강하게 자라납니다.]

크리슬리의 손 위에 얹힌 세계수의 씨앗이 은은한 청색의 빛을 뿜었다. 축복이 제대로 부여된 것이다. 과연 얼마나 많은 도움을 줄지는 모르겠으나…… 효과가 없지는 않을 터였다.

"심어라."

"예."

크리슬리가 긴장이 역력한 표정으로 즉답했다.

이미 심어놓은 세계수의 씨앗과 조금 떨어져 있는 곳을 선택했다. 굳이 깊게 묻을 필요가 없는 만큼 손으로 흙을 퍼내고 조심스럽게 씨앗을 묻었다.

막 그 위에 다시 흙을 덮은 순간.

후웅!

땅이 한 차례 진동했다. 주변의 지력을 빨아들이고 거대한 용트림을 뿜어낸 것이다.

거기서 끝이 아니었다.

덮어놓은 흙 위로 조금씩 싹이 올라왔다. 그 크기는 고작 몇 센티에 불과하나 이제 막 태어난 아이라고는 믿을 수 없는 강렬한 생명력을 가지고 있었다.

"아아……!"

"세계수가…… 세계수가……!"

다크 엘프들이 일제히 말문을 열었다. 전율하며 세계수가 틔운 싹에서 눈을 떼지 못했다. 황홀한 듯 눈을 적시고 눈물을 흘리는 이가 적지 않았다. 아예 무릎을 꿇은 채 양손을 포개어 세계수를 '영접'하는 다크 엘프마저 있을 정도다.

던전 마스터인 내게도 저런 식의 반응을 보인 적은 없었다. 크리슬리와 줄리엄은 그나마 절제하는 모양이었지만 감격에 몸을 떠는 것은 같았다.

곧 몇 개의 메시지 창이 허공을 수놓았다.

[믿을 수 없는 업적! 최초로 '세계수'의 싹을 틔우는 데 성공했습니다!]

[세계수는 숲의 어머니입니다. 한없이 인자하나 숲을 헤치는 적에게는 가차 없이 철퇴를 가하는 그 스스로가 천혜의 요새인 초대형의 특수 구조물입니다.]

[던전의 등급이 올라갑니다. 내정 모드에서 추가된 점을 확인할 수 있습니다.]

[칭호 '세계수의 주인'이 주어집니다.]

떠오른 창들을 가만히 살펴보다가 눈썹을 찌푸렸다.

'던전의 등급?'

호칭에 관련해선 어느 정도 예상을 하고 있었다. 세계수를 틔웠으니 칭호 하나는 던져 주리라고. 하지만 던전의 등급에 관해서는 무지했다.

'던전에도 등급이란 게 있었던가?'

나로서는 알 수 없는 부분이다. 전생에서 던전의 내정은 거의 등한시했으니까. 던전과 관련된 정보는 무척이나 한정적일 수밖에 없었다.

일단 하나씩 확인을 해봐야 할 듯싶었다. 먼저 상태창을 띄웠다.

이름 : 랜달프 브뤼시엘

직업 : 마계 백작(던전 마스터)

칭호 :

　*던전 사냥꾼(던전 점령, 마족 사냥 시 잔여 능력치+1)

　*불굴의 전사(Ex U, 모든 능력치+2)

　*세계수의 주인(Ex U, 모든 능력치+2)

*최초로 요정의 축복은 받은 자(U, 마력+6)

능력치 :

힘 80(+11)

지능 72(+4)

민첩 75(+11)

체력 80(+4)

마력 85(+10)

잠재력 (392+40/500)

잔여 능력치 : 3

전력량 : 16GW

특이사항 : 나락군주의 심장이 일부 각성한 상태입니다.

스킬 : 만물 조합(U), 심안(Ex U), 전격의 정령(Epic), #분노(Epic),

　　　나태(Epic)

[전후 비교]

힘 89 지 74 민 77 체 82 마 93 잠재력 (392+23/500)

힘 91 지 76 민 86 체 84 마 95 잠재력 (392+40/500)

"으음……."

침음을 흘렸다. 칭호의 효과로 모든 능력치가 2씩 올라가
고 힘이 90의 벽을 넘어선 탓이다. 나태 덕분에 민첩도 크게
올랐고 마력은 어느덧 95에 달했다.

능력치 총합은 432.

전생에서 본래 가졌던 무력을 넘어선 지 오래였다.

이 모두가 보정 능력치 덕분이다.

아이템과 칭호의 효과로 40에 달하는 보정 능력치가 올랐다. 이는 어느 마족도 따라올 수 없는 위업이다. 순수 능력치가 올라가는 폭이 적어지긴 했지만 충분히 커버를 할 수 있는 수준이었다.

거기다가 에픽 등급의 스킬이 세 개다. 현시점에선 대공들마저도 겨우 두 개가 한계이건만 나는 그조차 뛰어넘은 것이다.

분노 앞에 #이 표시된 걸 보면 아스트랄 코드로 특성 강화를 시킨 게 나타난 것 같았다.

어쨌거나 상태창은 만족스럽기 그지없다.

'나머지 하나는 반응이 없는 게 아쉽지만.'

세계수의 씨앗을 말함이다. 이미 발아된 씨앗은 땅에 묻자마자 싹을 틔웠지만 미리 묻어놓은 것은 전혀 반응이 없었다.

아직 시기상조이긴 하다. 시간을 두고 지켜봐야 정확한 데이터를 얻을 수 있을 것이다. 오랜 시간 반응이 없다면 그때 다른 수를 내어도 늦지는 않을 것이다.

"계속해서 의식을 행하도록."

생명찬가의 의식.

세계수의 성장에 조금이라도 도움이 된다면 무엇이든 해 볼 작정이었다.

"명을 받듭니다, 나의 던전 마스터시여."

몽롱하니 세계수의 싹을 지켜보던 크리슬리가 급히 정신을 차리곤 고개를 숙였다. 반면 줄리엄이나 다른 다크 엘프들은 아직도 헤어 나오질 못하고 있었다.

그만큼 세계수는 그들의 염원에 가까웠다.

꿈, 희망. 그런 것 말이다.

마계에서 세계수는 강한 다크 엘프가 지배했다. 이들은 힘이 부족해 배척받고 오지에서 생활하며 나날이 생명의 위협을 받았다. 그 결과 어둠의 정령과 계약을 할 수밖에 없었다. 물론 크리슬리의 생명을 살리고자 하는 바람도 컸을 테지만, 이제 세계수의 비호 아래 다크 엘프들은 번영을 누리게 될 것이다.

'오늘 정도는 괜찮을 테지.'

변덕스러운 주인이 따로 없다. 피식 웃으며 등을 돌렸다.

내정 모드.

던전에 관련된 자세한 사항을 알아볼 수 있는 던전 마스터의 특권 중 하나다.

나는 던전 코어 옆에서 바로 내정 모드를 실행시켰다.

잠시 후 홀로그램이 떠오르며 던전의 단면이 나타났다. 마수의 배치 상황이나 각성자들의 침입 또한 확인할 수 있었는데, 그다지 전과 달라진 점은 보이지 않았다.

하지만 단 한 곳, 15층에 조금 변화한 곳이 있긴 하었다.

나무 형상의 그림이 우뚝 솟아 있었고 '세계수(싹을 틔웠습니다)'라는 설명이 덧붙여져 있었다. 이런 식으로 홀로그램에 무언가가 추가된 적은 처음이었다.

그 외에 또 달라진 점이 있는지 한참을 찾다가 왼편 하단에 새로 생긴 단어를 발견하곤 시선을 집중했다.

'레어 등급 던전이라.'

노란색의 글자가 그곳에 솟아 있었다. 나는 이에 의아함을 느끼며 레어 등급 던전이라 적힌 글귀에 손을 가져갔다.

곧 홀로그램의 화면이 전환되고 새로운 창이 나타났다.

[특수한 구조물에 따라 던전의 등급이 변화할 수 있습니다. 그리고 레어 등급의 던전은 일반 등급의 던전에 비해 보다 많은 기능이 추가됩니다.]

[추가된 기능을 확인하시겠습니까?]

당연히 확인할 생각이다. 던전에도 등급이 있다는 걸 나는 이번에 처음 알았다. 주저할 것 없이 승낙 버튼을 누르자 장문의 글귀가 떠올랐다.

1. 마수들에 대한 장악력이 강해집니다. 아무리 지능이 낮은 마수일지라도 이제 던전 마스터가 원할 때 집결, 혹은 해체시킬 수 있습니다.
2. 마수 중 한 마리를 '마스터 가디언'으로 선택하는 게 가능해집니다. 마스터 가디언은 던전과 던전 코어, 더 나아가 던전 마스터를 지키는 최후의 검이 되어줄 것입니다. 마스터 가디언으로 선택된 마수의 모든 능력치가 +5 상승합니다. 한 번에 한해 물리 법칙을 초월한 '공간 도약'을 행할 수 있습니다.
3. 새로운 조형물이 추가됩니다.
   −인공 태양, 구름, 달
4. 계절의 설정이 가능해집니다.
   −봄, 여름, 가을, 겨울

추가된 점은 크게 위의 네 가지였다. 나는 차근차근 목록을 살펴봤다.

우선 1번. 몬스터 웨이브를 일으키려면 지능이 낮은 마수는 따로 우두머리를 둬서 움직이게 해야 했으나 그럴 필요가 없어졌다는 뜻이다.

2번의 '마스터 가디언'은 나로서도 제법 흥미가 동할 수밖에 없었다. 비록 마수에 한하지만 모든 능력치를 5나 올려주는 것이다. 공간 도약이 조금 애매하긴 했지만 대수롭지 않았다.

이어 3번과 4번은 지형 변경 외에도 추가된 기능이다. 사용키에 따라 여러 가지 효과를 얻을 수 있을 듯했다. 태양이나 달이 떠 있을 때 강화되는 마수를 추가해도 좋을 것 같았다.

'이 이상의 등급이 있어도 이상하진 않겠군.'

지금까지 던전의 등급이 '노멀'이었고, 세계수가 싹을 틔우며 '레어'가 된 것이라면 그 위에 유니크, 에픽, 레전드 등급이 더 있어도 이상할 게 없었다.

당장 레어 등급의 추가 기능이 이러하니 그 이상은 무엇이 더 추가될지 상상도 되지 않았다.

그리고 이를 보건대 던전을 여러 개 얻었다고 분산해서 투자하는 건 그다지 좋은 선택이 아닌 듯싶었다. 하나에 집중하여 등급을 올리는 편이 여러 이득을 취할 수 있었다. 물론 단점이 없다고는 할 수 없지만, 내가 보기에는 장점이 더욱 컸다.

'관련된 업적은 없는 건가?'

이왕지사 던전의 등급이 오른 김에 관련 업적도 하나 얻었다면 더할 나위가 없었을 것이다. 하지만 이처럼 업적을 주지 않는 경우도 없지는 않았다. 추가된 기능으로 아쉬움을 달래야 할 것 같았다.

고개를 주억이며 착용 중인 나태를 매만졌다. 붉은색의 헤진 망토. 아직 그 스킬에 대해 실험한 바가 없었다.

'이제 나태를 사용해 봐야겠다.'

분노는 아스트랄 코드 덕분에 지능 제한을 많이 낮출 수 있었다. 그러나 나태는 다르다. 또다시 효과 불명의 상태 이상에 걸릴 가능성이 높았다.

그렇다고 방치할 수도 없는 노릇.

확실하게 스킬을 인지하고 있어야 상황에 따라 대처가 가능하다. 다만, 전처럼 마구잡이로 사용하진 않을 것이었다. 기본적인 방비는 필요하다고 여겼다.

나는 나태의 실험을 위해 몇 가지 계획을 세웠다.

3일 뒤.

나는 던전의 20층에 발을 들였다.

"너희는 각자 이 근처에 대기하며 대비해라. 내가 평소와 달리 과격한 행동을 보이거든 최대한 막아서며 시간을 끌어야 할 것이다."

"명심하겠습니다."

"막는다! 할 수 있다!"

끼룩!

크라스라, 기간테스, 그리고 그리핀 순으로 답했다.

내가 이곳에 이 셋을 부른 건 다름이 아니다. 나태를 실험하다가 생겨날 불상사를 대비하기 위함이었다.

둘은 최상급의 마수, 그리고 크라스라는 그에 살짝 못 미치는 수준이다.

이 셋이 힘을 합친다면 충분히 나를 막아설 수 있으리라 판단했다.

20층. 아무것도 없는 이곳에서 이성을 잃어봤자 던전에 피해를 입히진 못할 테지만, 이 또한 확신할 순 없다. 세상일은 모르는 것이었다.

아무리 대비해도 부족함이 없었다.

그때 크라스라가 의아한 듯 물었다.

"대략적인 이야기는 들어서 알겠습니다. 그런데 마스터께서 정상으로 돌아오지 못할 경우도 있지 않겠습니까?"

이곳에 오기 전, 나는 스킬의 실험과 그에 따라 발생할 위험에 대하여 적당히 설명을 해줬다. 하지만 지금 크라스라가 말한 내용은 나도 딱히 생각해 본 적이 없는 맹점이었다.

잠깐의 시간을 두고 턱을 쓸며 답했다.

"그때는 이히와 크리슬리에게 상담해라. 둘이라면 내 상태를 파악하고 대비할 수 있을 터."

이히는 나와 혼으로 연결되어 있었다. 내 상태를 알아내고자 한다면 충분히 알아낼 수 있었다. 거기다가 크리슬리는 임기응변 능력이 상당하다. 만에 하나의 상황도 어떻게든 넘길 수 있을 터였다.

"알겠습니다."

크라스라가 납득한 듯 고개를 숙였다.

나는 턱에서 손을 떼곤 말했다.

"다만, 너무 무리할 필요는 없다. 너희들이 할 일은 어디까지나 내 움직임을 제한하는 것이다. 그 정도면 충분해."

지금 내 능력치 총합은 432에 달한다. 그리핀이나 기간테스보다도 훨씬 높은 수치였다. 지금이라면 둘을 동시에 상대해도 크게 밀리진 않을 것이었다. 서로 죽고 죽이는 대결로 가서는 승부를 점칠 수 없다. 그 결과도 무척이나 좋지 않을 게 분명했다.

이 중 몇은 죽어 나가리라.

그러니 사전에 경고해 두는 걸 잊지 않았다.

"이제 물러나도록."

내가 명하자 크라스라를 필두로 세 마수가 멀어지기 시작했다.

스킬을 발동시킬 때 근처에 있어서 좋을 게 없었다. 저들이 할 일은 최대한 멀리서 내 상태를 관찰하는 것뿐이었다. 세상일은 모른다지만, 스킬의 확인이 끝날 때까지 서로 안 부딪히는 게 최선이었다.

'잔여 능력치는 아끼는 편이 좋겠지.'

작게 혀를 찼다. 사실 지능만 높았다면 이런 문제 자체가 생기지 않았을 것이다. 분노를 사용했을 당시의 지능은 고작 66이었다. 지금은 그보다 10이 높아진 76이란 수치였지만 여전히 애매하다. 높다고도 낮다고도 할 수 없었다. 안전을 논하려거든 몇 개의 보험이 필요했다.

여기서 잔여 능력지 3을 지능에 투자하면 조금은 나을지도 모르겠다. 그러나 목숨이 경각에 달한 게 아닌 이상 잔여 능력치는 최대한 아끼는 편이 좋았다. 언젠가 한계에 막히거든 단번에 뚫어줄 보배로운 존재가 잔여 능력치이기 때문이다.

가만히 서서 주변을 둘러보았다.

20층은 내 손길이 전혀 닿지 않은 곳이다. 허허벌판. 아무것도 없는 게 당연하다. 그저 미친 듯이 넓다는 걸 제외하면 아무런 특징도 없는 층의 중심부에 나는 서 있었다.

망토를 제대로 착용한 뒤 가만히 한 차례 심호흡했다.

분노는 힘과 민첩, 체력을 상승시키는 대신 지능을 대폭 하락하게 만들었다. 상태 이상에 걸려서 주변의 모든 것을 파괴했다. 낙천가 이히마저 두려움에 몸을 떨며 내게 바짝 빌었을 정도다.

과연 나태는 어떨까?

마음의 준비를 하고 천천히 입을 열었다.

"나태."

[높은 마력 보정(95)으로 힘과 체력, 지능이 6씩 하락합니다.]
[민첩이 20 상승합니다.]
[지능에 의한 상태 이상 방어율 49%. 방어에 실패했습니다. 상태

이상 '나태'에 걸렸습니다.]

메시지가 떠오른 순간.

온몸이 노곤해진다. 물에 잠긴 듯 전신이 무겁다.

눈을 감은 채 자리에 앉는다. 이윽고 숨 쉬는 것마저 귀찮아졌다.

이것이 나태인가?

모든 게 느려지고 있었다. 행동 따위가 감속한다는 그런 단순한 의미가 아니다.

순간적으로 100을 넘어 106에 다다른 민첩.

'초월자의 벽'이라 불리는 그 기점을 단번에 뛰어넘었으니 평소와 같다면 말이 안 된다.

스킬 '나태'는 세계를 가속하는 능력이었다. 우월한 민첩의 시너지 효과가 더해지자 시간과 공간이 변화했다. 인지의 범위가 미친 듯이 넓어졌다. 아주 먼 곳에 있는, 던전 바깥에 존재하는 풀잎의 미세한 움직임까지 나는 잡아낼 수 있었다. 뿐만이 아니다. 풀벌레가 미동하고 물방울이 생성되며 떨어지는 등의 모든 걸 느낄 수 있었다.

그저 가만히 있는 것만으로도 주변 만물의 정보가 들어온다. 그러니 움직일 필요가 없다. 모든 걸 안다는 건 그런 것이다. 이것이 진정한 나태인가 싶었다.

인지의 변화.

시간의 흐름도 달라졌다.

1초가 무척이나 길있다. 1분은 그럼 얼마나 길겠는가. 한 시간이 지나고 하루가 흘렀을 때 나는 시간이라 불리는 거대한 감옥 속에 그대로 갇혀 버렸다.

그럼에도 나는 나태했다. 아무런 행동도 취하지 않았다. 흐름에 순응하며 그저 가만히 방관하였다.

그러던 어느 순간.

몸이 해체되기 시작했다. 내심 비명을 내질렀다. 전신을 짓누르는 시간의 벽이 점점 좁혀져 왔다. 가속하면 가속할수록 내 신체적 능력이 버티지 못한 탓이다.

당연한 일이었다. 106이란 민첩에 비해 체력과 힘이 너무 낮았다. 나태를 사용함으로써 더욱 하락했고 그 불균형의 결과가 서서히 나타나고 있었다. 이대로 가다간 온몸이 짓뭉개질 것이었다.

'이대로도 괜찮은가?'

아득한 고통 속에서 나는 생각했다.

더 이상 나태할 순 없었다.

귀찮음을 딛고 한 발자국 나아갔다.

'나는 역행자다. 흐름을 거부하고 아무도 가지 않은 길을 걷는 자. 순응하는 양들을 향해 차갑게 비웃으며 조롱을 던지는 것이 바로 나이지 않았던가. 고작 스킬이 가져다준 상태 이상 따위에 굴복할 순 없는 노릇이다.'

작은 의문.

호숫가에 던져진 돌멩이가 전에 없던 파장을 만들어냈다.

파장은 조금씩 커지더니 이윽고 걷잡을 수 없게 변했다.

'일어나자, 랜달프 브뤼시엘. 너에게 나태는 어울리지 않는다.'

상태 이상 '나태'가 해제됐다는 알림창과 함께 나는 눈을 떴다.

"후욱!"

막힌 숨을 토해낸다.

즉시 시선을 내려 몸을 점검한다.

다행히 부서지거나 다친 곳은 없었다. 그러나 곳곳에 멍이 있는 걸 보아 조금 더 늦었다면 꼼짝없이 느려진 시간의 틈바구니에서 압사당할 뻔했다.

'이게 나태인가?'

다시 한 번 자문한다.

상태 이상은 강렬하기 그지없었다. 마치 신이라도 된 것 같은 고양감. 아주 미세한 공기의 떨림마저 잡아내는 그런 감각을 나는 여태껏 느껴본 적이 없었다.

게다가 극도로 느려진 세계는 어떠했던가. 단순한 '가속' 스킬과는 비교 자체가 불가능하다. 일반적인 가속 스킬은 단순히 신체를 강화하는 것이다. 억지로 과부하를 걸어버리니 결국 뇌에 부담을 줘서 사용자가 끔찍한 말로를 걷게 만드는 양날의 검이었다.

하지만 나태는 그저 시간만 조율한다. 인지란 결국 감각의 영역. 육체를 억지로 강화시킬 필요가 없었다. 나는 그 속에서 사고하며 움직일 수 있었다. 모든 걸 느끼고 미리 반응하는 게 가능했다.

가속 스킬과 비슷하지만 그보다 몇 단계는 더 발전한 형태가 바로 나태였다.

말 그대로 의욕이 사라지고 움직이기 귀찮아지기는 했지만 일종의 부작용이었다. 내가 마음먹기에 따라서 충분히 극복할 수 있는 부분이었다.

"쉬운 게 하나도 없군."

쓰게 웃었다.

문제는 명백했다.

초감각이 활성화된다지만 육체가 그것을 버티질 못한다는 것. 육체를 강화하는 게 아니라 육체를 약화시켜서 더욱 그렇다. 체력과 힘이 6이나 낮아진 덕분에 106이란 수치의 민첩을 보조하지 못하는 것이다.

하물며 지능은…….

'분노와 나태를 동시에 쓸 수는 없겠어.'

지능이 한 90쯤 된다면 생각은 해볼 수 있겠다.

두 개를 동시에 사용하는 건 아직 시기상조였다.

분노는 전체적인 육체 능력치를 강화해 주고 나태는 초감 각을 활성화시킨다. 상황에 따라 유연하게 사용할 수밖에 없을 듯했다.

그리고 남은 다섯 개의 죄악 중 지능을 올려주는 게 있을 수도 있었다. 그것을 기대해 봐야 할 것 같았다.

'나태가 무슨 스킬인지 알았으니 되었다.'

아는 것과 모르는 것의 차이는 크다.

목적은 이뤘다. 나태가 무엇이고 어떠한 제약이 있는지 알게 된 걸로 충분했다.

나는 홀가분히 자리를 벗어났다.

나태의 실험이 끝나고 삼 일 후.

세계수의 성장을 지켜보며 던전의 내정을 행하고 있을 때, 불현듯 크리슬리가 찾아왔다.

"드문 일이군."

자연스럽게 튀어나온 한마디다.

크리슬리가 먼저 나를 찾아오는 경우는 거의 없었다. 물론 내가 자리를 비우는 시간이 많아서 그런 것도 있겠지만 그녀 역시 매우 바쁘기 때문이다. 스킬의 숙련도를 올리고 내가 명령한 일을 처리하며 세계수 또한 돌봐야 했으니 몸이 두 개라도 부족할 터였다.

"던전 마스터를 뵙습니다."

두 발자국 앞으로 다가온 크리슬리가 한쪽 무릎을 꿇었다. 이에 손사래를 치며 물었다.

"형식적인 인사는 되었다. 그보다 나를 찾아온 이유가 있을진대."

고개를 든 크리슬리가 말했다.

"세계수에 관해 여쭐 일이 있사옵니다."

"말해보라."

내가 허락한 이상 우물쭈물할 크리슬리가 아니었다. 거침없이 이야기를 시작했다.

"싹을 틔운 세계수에게서 강렬한 음과 양의 마력을 느꼈나이다. 이것은 본래 씨앗에 없던 것입니다. 불순물, 하지만 순수하게 정제된 무언가……. 그동안 생각을 정리해 본 결과, 아마도 마스터께서 모종의 조치를 취한 줄로 예상합니다."

거의 맞혔다.

이 부분에선 나도 살짝 놀랄 수밖에 없었다.

"그런 것도 알 수 있나?"

"제 몸에 깃든 마력의 종류가 무엇인지 아시지 않습니까?"

진마룡 아오진과 다크 엘프 하이어 쉴라. 서로 대치되는 극양과 극음이 한데 섞인 게 크리슬리다. 그 방면으로는 무척이나 예민하다는 뜻이었다.

하지만 그것이 불순물이라는 걸 알아차리는 건 전혀 다른 영역이다. 하물며 두 마력이 정제되었다는 것까지 꿰뚫어 보

있다.

'지능 100의 영향인가.'

그 외에는 딱히 짐작 가는 바가 없었다.

잠시 감탄하며 꺼낼 대답을 생각했다.

세계수에 관한 정보는 극비다. 가능성은 적겠지만 이 이야기가 새어 나가면 다른 마족이 세계수를 틔울지도 모르는 일이었다.

하지만 상대는 크리슬리다.

다크 엘프는 의식을 치른 상대방에게 헌신하며 결코 배반하지 않기로 유명하다. 게다가 크리슬리는 지능 100의 소유자다. 내가 모르는 답을 도출해 줄 가능성 역시 저버릴 수 없다.

열심히 저울질을 한 이후.

"조합이다."

말을 해주는 편이 낫겠다는 결론을 내렸다.

"조합…… 입니까?"

아리송한 표정으로 크리슬리가 고개를 갸우뚱했다.

나는 마법 주머니에서 레시피를 꺼내어 크리슬리에게 건넸다.

"그곳에 세계수의 씨앗을 발아시킬 수 있는 조합이 적혀 있다."

"태양의 미소, 달의 눈물? 처음 보는 이름이로군요."

"읽을 수 있나?"

내심 쥐놓고 아차 하던 참이다. 레시피는 어둠의 정령왕이 직접 봉인한 것이었다. 관찰 스킬이 없으면 읽을 수 없도록 말이다. 한데 그것을 크리슬리가 읽었다.

이것도 지능의 효과라면 지능이야말로 만능의 능력치가 아닌가 싶었다. 새삼 지능이 낮은 게 안타까울 따름이다.

나의 반응을 보곤 크리슬리가 도리어 물었다.

"이상한지요?"

"아니다. 어쨌거나 레시피에 적힌 대로다."

"마력의 결정체…… 저도 들어본 적은 있습니다. 순수한 마력이 집결된 장소에 간혹 그러한 결정체가 생성된다는 이야기를요."

태양의 미소나 달의 눈물의 존재 여부는 크게 문제가 되지 않는다는 걸 크리슬리는 단박에 알아차렸다.

"지금으로선 그것을 구할 방도가 없다."

그래서 풍요의 여신상에 기대를 건 것이었다. 축복으로 말미암아 나머지 하나의 씨앗이 발아하기를 바랐다. 고작 며칠이 지났을 뿐이지만 지금까지는 별다른 기색이 없었다.

크리슬리가 눈을 감았다. 무언가를 생각하듯 잠시간 움직이지 않았다. 그러기를 수십여 초. 다시 눈을 뜬 크리슬리는 묘하게 눈을 빛내며 입을 열었다.

"달의 눈물, 태양의 미소. 이름으로 보아하건대 필시 극음과 극양의 마력으로 이루어져 있겠지요. 그렇다면…… 제 '피' 역시 비슷한 역할을 할 수도 있지 않겠습니까? 충분히 조합을 통해 마력의 결정체를 얻을 수 있을 듯합니다."

"……."

잠시 멍한 눈초리로 크리슬리에게 시선을 던졌다.

한 방 맞은 기분이다. 왜 이런 간단한 것을 생각지 못했을까?

확실히 그녀의 피는 누구도 견줄 수 없는 극의 마력으로 이루어져 있었다. 진마룡은 태양왕으로 불릴 만큼 극양의 성질을 띠고 있었고, 다크 엘프 하이어 쉴라는 달의 여왕으로 통했다.

하지만 그만한 효과를 얻으려거든 상당한 양의 피를 빼내야 할 것이었다.

"죽을 수도 있다."

"죽지 않겠습니다."

근거 없는 자신감이다.

피식 웃음이 새어 나왔다.

"조합은 만능이 아니다. 마력의 결정체가 완성된다는 보장도 없다."

"어두운 숲 속을 지날 때 가장 중요한 게 바로 첫발을 디디는 것이옵니다. 시작조차 하지 않는다면 아무것도 이룰 수 없습니다."

정론이었다.

회귀한 뒤 내가 임하는 자세이기도 했다. 하지만 여전히 걸리는 게 남았다.

"너의 피만으로는 부족하다."

"나머지 마력을 충당하면 된다는 이야기. 나의 던전 마스터시여, 제가 마력 추출과 관련된 스킬을 배울 수 있도록 허락해 주십시오. 그리고 마력을 추출할 물건을 내어주신다면 제 피와 결합할 수 있도록 최선을 다해 배양해 보겠나이다."

무조건 마력만 추출한다고 결합을 할 수 있지는 않았다. 추출한 마력의 비율을 정하고 마력이 정화되도록 배양할 필요가 있었다. 이는 매우 고난이도 작업에 속했다. 하지만 크리슬리라면 그것도 해낼 수 있을 것 같았다.

게다가 의욕이 대단했다. 크리슬리는 평소 자신의 의견을 강하게 피력하지 않는 편이었다. 이처럼 적극적인 자세로 임하는 건 처음이었다.

'전생의 나였다면 단칼에 거절했을 것이나.'

스킬북을 내어주고 마력을 추출할 아이템을 건네줄 수는 있겠으나 실패했을 경우 출혈이 크다. 하지만 전생을 겪고 완성된 지금의 나라면 조금은 달리 생각할 수도 있을 것이었다.

휘하 마수가 자진하여 나선 지금, 위에 선 자로서 기회를 주는 것도 나쁘지 않으리라.

실패를 예상하고 무조건 거부하는 게 능사는 아니었다.

2년 차. 나는 제대로 나의 길을 걷고 있었다. 여유가 생겼다. 이런 기회쯤이야 몇 번이고 줄 수 있었다.

"좋다. 하고 싶은 대로 해보도록."

가볍게 고개를 끄덕이며 말했다.

레어 등급의 마력 추출 스킬 그리고 고농도의 마력이 깃든 아이템, 두 가지 모두 내 선에서 충분히 준비할 수 있는 것이었다.

때마침 마계 옥션에서 구매해 온 물건 하나가 고농도의 마력을 품고 있었다.

숨길 것도 없이 대지룡의 시체다. 숲 전체의 생명을 잡아먹고 태어나는 마수가 대지룡이었고 수천 년간 뼈에 쌓인 마력은 무시하지 못할 수준이었다.

원래의 계획이라면 이 대지룡의 시체를 언데드의 최고봉이라 불리는 '본 드래곤'으로 만들 셈이었지만…… 계획이란 언제든지 변하는 법.

확실한 결과를 위해 기꺼이 대지룡의 시체를 사용키로 마음먹었다. 물론 대지룡의 시체를 사용하기 전에 충분히 연습을 해야 함은 기본이다.

"크리슬리, 너를 마스터 가디언으로 임명하마."

스킬북과 대지룡의 시체를 건네기 직전, 나는 크리슬리에게 말했다.

마스터 가디언으로 크리슬리를 택한 건 별다른 이유가 없었다. 의식을 이행해 나에 대한 충성도가 매우 높다는 점과 장래성이 가장 밝다는 점이면 충분했다. 또한 모든 능력치 5가 오르면 앞으로의 일에 탄력을 받을 게 틀림없었다.

나 역시 106의 민첩이 가져다주는 위력을 경험하지 않았던가.

지능이 105라면 무슨 효과가 나타날지 상상도 되지 않았다.

체력적으로도 도움이 될 터. 크리슬리가 마스터 가디언으로 선택되는 건 필연이었다.

"따르겠습니다."

크리슬리의 장점은 또 있었다. 줄리엄과 다르게 굳이 이유를 묻지 않는다는 것.

내가 말하면 스스로 사고하고 이해하려 노력한다. 그래도 모르겠거든 내게 묻는 걸 주저하지 않았다.

흡족한 미소를 지으며 즉시 내정 모드로 들어갔다. 그리고 나머지 절차를 이행하였다.

동시에 던전 코어에서 오색찬란한 빛이 뿜어져 나왔다.

빛은 크리슬리를 감싸기 시작했는데, 그 모습이 마치 고치와 같았다.

이어 몇 개의 메시지 창이 허공에 떠올랐다.

[휘하 마수 '크리슬리'가 마스터 가디언으로 선택되었습니다.]

[마스터 가디언은 일반 마수와는 격이 다른 존재입니다. 최후의 창이자 방패. 오로지 하나만 존재하며 모든 걸 수호할 것입니다.]

['크리슬리'의 모든 능력치가 5씩 상승합니다.]

[경고! 진마룡 아오진과 다크 엘프 하이어 쉴라의 피가 반응합니다. '크리슬리'가 피의 각성을 시작했습니다!]

피의 각성?

생소한 단어에 고개를 갸웃한다.

'반응'을 했다면 본래는 없었다는 뜻.

거기다가 경고 메시지까지 떴으니 가볍게 넘길 사안은 아닌 듯했다.

마스터 가디언으로 선택되고 변화하는 과정에서 문제가 생겼음이 틀림없었다.

시선을 옮겨 크리슬리를 바라봤다.

오색찬란한 빛이 고치의 형태로 크리슬리를 감싸고 있었는데 그 고치가 터질 듯 팽창하고 수축하길 반복하고 있었다. 확실히 범상치 않은 현상이다.

나는 이상 현상을 예의 주시하였다. 함부로 손댔다가 또다른 문제를 일으킨다면 그것도 골치가 아프다. 가만히 있으면 중간은 간다는 말처럼 우선 결과를 지켜보는 게 나을 것 같았다.

휘이잉!

거센 바람이 불어왔다. 고치 안은 삼파전이 따로 없었다. 자세한 상황은 알 길이 없지만 세 가지 마력이 서로 부딪치며 혈전을 벌이는 중이라는 건 확실했다.

한참을 부딪치고 마모되더니 세 마력은 조금씩 자리를 잡아갔다. 이어 찬란한 빛이 크리슬리의 몸에 흡수되었다.

['크리슬리'가 마스터 가디언으로서의 변화를 끝마쳤습니다.]

[피의 각성 효과로 스킬 '태양과 달의 여왕'이 생성되었습니다.]

털썩!

크리슬리가 쓰러졌다.

격한 변화를 적은 체력으로 이기지 못한 것이다.

가까이 다가가 크리슬리를 품에 안고 심안을 발동시켰다.

이름 : 크리슬리

직업 : 마스터 가디언(모든 능력치+5)

칭호 :

　*진마룡의 피를 잇는 자(Epic, 지능 마력+6)

　*달의 가호를 받는 자(Ex U, 마력+8)

능력치 :

　힘 37(+5)

지능 94(+11)

민첩 41(+5)

체력 39(+5)

마력 66(+23)

잠재력 (277+49/484)

특이사항 : 진마룡 아오진과 다크 엘프 하이어 쉴라의 피를 이어

그 성장의 끝을 알 수가 없습니다.

스킬 : 대규모 시체 조종술(U), 언데드 제조(Ex U), 태양과 달의 여

왕(Epic)

착용 중인 아이템 : 죽음 지팡이(Ex U, Set, 마력+4)

[전후 비교]

힘 26 지 100 민 28 체 32 마 73 잠재력 (235+24/478)

힘 42 지 105 민 46 체 44 마 89 잠재력 (277+49/484)

"……미쳤군."

저도 모르게 나온 소리다.

그럴 수밖에 없었다. 마스터 가디언의 효과로 말미암아 크
리슬리는 압도적인 보정 능력치를 얻게 되었다.

49라니. 나를 웃돈다. 그동안 올린 능력치도 적지 않아서
이 성장세라면 조만간 크라스라를 따라잡을지도 모르겠다.

게다가 잠재력 한계치마저 올랐다.

478에서 484로!

직지만 분명한 한계 돌파다. 마족도 아닌 마수가 한계 돌파를 행했단 이야기를 나는 들어본 적이 없었다.

그냥 시체 조종술(R)이었던 스킬도 등급이 올라 고유성을 갖게 되었다. 워낙에 많은 시체를 조종해서 그런지 아예 '대규모 시체 조종술(U)'로 업그레이드된 것이다. 언데드 제조 스킬 또한 등급을 반 단계 상승시켰고 무엇보다 새롭게 생성된 부분이 놀랍다.

에픽 등급 스킬.

최상급 마수를 판가름하는 척도 중 하나.

반드시 있어야 하는 것은 아니지만 진정으로 격이 높은 최상급의 마수라면 대부분 하나씩 에픽 등급의 스킬을 가지고 있었다.

'고작 1년 만의 변화라고는 믿을 수가 없다.'

이게 끝이 아니다.

연차가 쌓일수록 강해지리라.

크리슬리는 내가 지닌 마수 중에서도 군계일학이 될 소질을 가지고 있었다. 인간들은 비교조차 불가능하다.

뛰어난 마수를 휘하에 둔다는 건 뿌듯한 일이다. 하지만 너무나 뛰어나다면 다시 한 번 생각해 볼 수밖에 없었다.

'스킬마저 생길 줄이야……. 마스터 가디언으로 선택한 건 성급한 일이었던가?'

크리슬리는 마계 옥션을 통해 내게로 왔다. 의식을 치렀으니 그 충성도는 의심할 여지가 없었다.

그러나 그것은 어디까지나 '현재'에 한해서다. 크리슬리는 나조차 뛰어넘을 막강한 잠재력을 보유하고 있었다.

단순히 상태창의 수치로 나타나는 그런 잠재력을 말하는 게 아니다. 더욱 깊고 넓은, 정의하기 힘든 무언가를 그녀는 가지고 있었다.

전혀 예상치 못한 일에 에픽 등급의 스킬을 얻었지 않나. 성장세도 말이 안 되게 빠르다. 걷는 법 하나를 알려줬는데 하늘을 날아버리는 격이다.

한데 이게 다가 아니리란 예감이 강하게 들었다.

그녀는 강렬한 변수였다.

힘은 모든 걸 바꾼다. 하물며 여태껏 약자의 입장에 있었던 그녀가 막강한 힘을 얻는다면 과거와 같으리라 확신할 수 없다.

다른 마음을 품게 될 공산이 컸고, 그러한 장면을 나는 전생에서 숱하게 봐왔다.

보통의 마수는 던전 마스터를 거부할 수 없다. 하지만 크리슬리는 전무후무한 지능의 소유자였다. 지능이란 능력치에 대해선 많은 게 알려지지 않았다. 어쩌면 가까운 미래에 마신이 만든 시스템의 허점을 파고들어 이적을 행할 여지도 없지는 않을 것이었다.

일편단심? 견마지로?

틀림없이 좋은 말이지만 나는 그게 지켜지는 경우를 거의 보지 못했다. 그러한 말을 사용하는 건 대개가 약자들이었다. 그들은 생존을 위해 입에 발린 말을 내뱉었고 힘을 얻은 뒤에는 과거를 잊을 듯 막무가내로 행동하기 일쑤였다.

경험에 입각한 나의 주관적인 판단일 따름이지만 과연 크리슬리는 저 범주를 벗어날 수 있을 것인지에 대해선 깊이 고찰할 필요가 있을 듯싶었다.

생각의 생각이 물꼬를 텄다. 좀처럼 가라앉지 않았다.

그러던 어느 순간.

나는 불현듯 깨달았다.

'내가 겁을 먹었다고?'

허!

가볍게 숨을 내뱉었다.

고작 변수 하나가 튀어나왔을 따름이다. 그럴진대 왜 이처럼 확대해석 하며 일어나지도 않은 일에 고민을 하는 걸까?

곧 그 답을 알 수 있었다.

'나는 모른다. 크리슬리를.'

마계 옥션에서 목록이 갱신되는 변수를 맞이했을 때, 나는 평상시와 크게 다르지 않았다. 왜냐하면 전생에서 숱하게 어둠의 정령이란 존재를 겪어봤기 때문이다. 그들이 그런 행동을 취할 땐 특정한 이유가 있어서라는 걸 알고 있었다.

최종적으로 내게 큰 해가 없으리라는 사실 역시.

하지만 전생에서 크리슬리는 없었다.

그렇기에 나는 그녀를 정의할 수 없었다.

확신도 가질 수 없었다.

여태까지는 그저 휘하 마수라는 생각에 뿌듯해하기만
했다. 그녀를 특별하게 여기진 않았다. 내 손 위에서 움직이
는 마리오네트 이상이 아니었다. 그러다가 이번에 변수를 맞
이하고 불에 덴 듯이 화들짝 놀랐다.

크리슬리를 안은 채 진중히 말했다.

"지켜볼 것이다…… 너를."

이미 엎질러진 물.

무엇보다 다른 길을 걷기로 하지 않았나.

전생에서 경험한 일이 하나의 척도는 되어줄지언정 진리
는 될 수 없었다. 내가 겪지 못했다고 그것이 아예 없지는 않
을 것이었다. 고작 이런 변수 하나 컨트롤하지 못한다면 돌
아온 의미가 퇴색된다.

'강렬한 변수. 그조차 무력화시킬 강력한 존재가 되면 그
만이다.'

고개를 주억였다.

실로 간단하고 명쾌한 해답이었다.

크리슬리가 나를 뛰어넘을 잠재력을 지녔다지만 그것은
내가 현실에 안주할 경우다. 오히려 바로 옆에 있는 그녀를

볼 때마다 경각심을 느끼고 현실에 더욱 박차를 가할 수 있을 터였다.

'그리고 내가 가진 편견을 깨줄 수 있을지, 조금은 궁금하군.'

힘을 얻은 존재는 누구나 변한다. 변해왔다.

크리슬리는 어떨까?

변칙적으로 얻은 가공할 힘.

이후 더욱 강해진다면 지금껏 내게 보인 충정을 계속해서 유지할 수 있을까?

툭.

잠든 크리슬리의 볼을 가볍게 두드린 뒤 나는 움직이기 시작했다.

'태양과 달의 여왕'은 공격적인 성향이 짙은 스킬이었다.

태양이 떴을 땐 빛살을 모아 원거리 폭격을 가할 수 있었고 달이 떴을 땐 대지의 모든 존재를 얼려 버릴 수 있었다.

감히 그리핀의 '불과 번개'에 맞먹는 대인 살상용 스킬인 것이다.

어쨌든 한 차례 변화를 겪은 직후 크리슬리는 열과 성의를 다해 마력 추출을 익혔다. 내가 던져 준 스킬북을 받고는 잠자는 시간마저 줄이며 연구에 몰두했다. 지능이 더 높아져서 그런지 그 속도가 아득하기 그지없었다.

대지룡의 시체를 손보는 데 그리 오랜 시간이 걸리지 않았다.

틈이 날 때마다 뽑아서 정제시킨 피, 그리고 대지룡이 가진 순수한 마력, 이 둘이 적당한 비율로 조합되어야 '마력의 결정체'로 거듭날 수 있었다.

그 실험은 한참이나 이어졌다. 크리슬리는 자주 내게 찾아와 조합을 해줄 것을 바랐고 몇 번이나 실패를 거듭했다. 결정체는커녕 비율이 맞지 않아서 폭발이 일어나거나 재료가 가진 마력이 증발하는 경우가 잦았다.

그럼에도 크리슬리는 끈덕지게 달라붙었다. 조합되는 비율은 나날이 좋아졌다. 결국 37번째 도전 끝에 '고농도 마력의 결정체'가 완성되었다.

"저주는 안 걸려 있는 것 같군."

엄지손톱만 한 결정체를 들고서 이리저리 살펴보았다.

이전에 조합한 것보다 크기가 크고 색깔이 더욱 아름답다. 저주나 순수라는 단어가 붙어 있지는 않았지만 만족스러운 결과물이다.

"……제대로 조합이 된 것입니까?"

크리슬리가 조마조마한 얼굴로 내게 물었다.

창백한 안색. 워낙에 많은 피를 뽑아낸 탓에 피부가 살짝 텄다.

대지룡의 시체에서 뽑아낼 마력도 여분이 얼마 없었다. 제아무리 크리슬리라도 애간장이 탈 수밖에 없는 상황.

"조합 자체는 나무랄 데가 없다. 이제 세계수의 씨앗이 발아를 할지 확인하는 일만 남았지."

"씨앗을 가져오겠습니다."

나는 고개를 저었다.

"아니다. 함께 가자."

풍요의 여신상이 축복으로 영향을 줄 수 있을까 싶어서 씨앗은 그대로 묻어두고 있었다. 하지만 마력의 결정체가 완성된 지금, 그 결과를 하루빨리 보고 싶었다.

나는 크리슬리와 함께 15층으로 향했다. 숲 지형의 중심부에 다다르자 싹을 틔운 세계수가 벌써 성인의 키만큼 자라 있었다.

그 주변에서 다크 엘프들은 여전히 의식을 행하는 중이었다.

내 출현에 의식이 중단되었고, 그 사이로 걸어 들어간 크리슬리가 땅에 묻힌 씨앗 하나를 아주 조심스럽게 파온 후 내게 그것을 넘겼다.

"……여기 있습니다."

씨앗을 넘기는 크리슬리의 얼굴에 근심이 어려 있었다. 막상 일을 벌이자니 긴장이 되는 모양이었다.

피식 웃으며 말했다.

"걱정하지 마라. 이번 일이 실패한대도 그것은 너의 책임이 아니다."

"하오나."

"네게 명을 내린 건 나다. 결정체를 보고 조합을 하자 결정한 것 역시 나지. 잘못된다면 그것은 내 그릇된 판단 때문이다. 게다가 아직 실패라고 확정된 것도 아니지 않나?"

단호하기 그지없는 어조.

크리슬리는 억지로나마 수긍하려 애썼다. 여전히 불안한 기색은 있었지만 숨을 크게 들이쉬고 조금은 나아진 모습을 보였다. 자신의 불안함을 뒤로한 채 오로지 나만을 믿겠다는 태도다.

'그럼……'

시간을 끌 필요는 없었다.

즉시 결정체와 씨앗을 들고, '만물 조합' 스킬을 발동시켰다.

이어 메시지 창 하나가 떠올랐다.

[고농도 마력의 결정체와 세계수의 씨앗을 조합하시겠습니까?]

바로 그 밑에 승낙과 거부가 적혀 있었다.

따질 필요도 없이 승낙을 눌렀다.

그러자 두 재료가 떠오르며 한데 합쳐지기 시작했다.

분해되고 합쳐지길 수없이 반복하더니 조금씩 형상을 갖

쳐간다.

벌써 수십 번도 더 본 광경.

하지만 이번에는 감회가 남다르다. 세계수의 씨앗은 하나뿐이었다. 언제 다시 도전을 할 수 있을지 모르는 것이다.

크리슬리와 주변의 모든 다크 엘프가 긴장하며 그 광경을 지켜보았다.

그러길 십여 초.

[고농도 마력의 결정체와 세계수의 씨앗을 조합하는 데 성공했습니다.]

[조합 결과는 매우 성공적입니다. '발아한 세계수의 씨앗'이 완성되었습니다!]

세계수의 씨앗.

의식과 축복으로도 꿈쩍 않던 녀석의 겉 표면에 싹이 피어 있었다. 그것도 전에 조합한 것보다 생명력이 넘쳤다. 파르르 싹이 떨리며 마치 살아 있는 것처럼 내게 시위했다.

나는 보란 듯이 입꼬리를 말아 올렸다.

"보아라. 내 판단은 틀리지 않았다."

"아아. 진정 믿었습니다, 나의 던전 마스터시여……."

털썩!

크리슬리가 또다시 쓰러졌다.

긴장이 풀리자 지친 육체가 강제로 숙면을 취하도록 만든 것이다.

잠도 제대로 못 자고 피만 주구장창 뽑아댔을 것이니 이해는 되었다.

하지만 지친 기색과는 반대로 얼굴엔 옅은 미소가 번져 있었다.

Chapter 22

드워프, 퀘스트, 성공적

Dungeon Hunter

후우우우웅!

세계수의 씨앗을 심자 중후한 울림이 던전 내부에 퍼져 나 갔다.

생명의 트림이며 자신의 존재감을 알리는 포효.

주변의 모든 다크 엘프가 동시다발적으로 무릎을 꿇었다.

고작 30m 남짓의 거리를 남겨두고 무려 두 개의 세계수가 싹을 틔운 것이다. 선례가 없는 일이었다. 역사, 신화, 혹은 전설, 동화 그 어디서도 이런 이야기는 없었다. 그런데 이야 기조차 없는 일을 현실이 바로 눈앞에서 실시간으로 벌어지 고 있었다.

어찌 놀랍지 않으랴. 어찌 감탄하지 않겠는가!

길이 남을 업적. 두 개의 세계수가 함께 있을 때 무슨 효과가 있을지 누구도 알 수 없었다.

기록하며 전하리라.

다크 엘프들이 주먹을 불끈 쥐었다. 이제 그들의 진정한 터전은 이곳, 던전이 되었다. 이 두 개의 세계수를 지키고자 웃으며 목숨을 내어줄 것이다. 지킬 수만 있다면…… 보존한 채 후대에 남길 수만 있다면 그들의 번영은 약속된 것이나 마찬가지였다.

마계에서조차 약자 취급을 받은 채 설움의 시간을 가진 다크 엘프들이다. 위대한 지도자 다크 엘프 하이어 쉴라와 진마룡 아오진이 만나 기적적으로 희망을 낳았지만 지킬 수 없었다. 어둠의 정령들과 무슨 심정으로 계약을 했을지 상상도 되질 않았다.

이제는 도약할 때였다.

설움을 딛고 두 개의 세계수와 함께…….

그리고 그러기 위해선 마왕의 자리를 건 쟁탈전에서 내가 승리할 필요가 있었다. 던전의 존속 여부는 오로지 나의 승패에 달려 있는 탓이다.

'고농도 마력의 결정체와 합성했기 때문인가? 시작이 좋군.'

이미 자라고 있는 세계수와 달리 지금 심은 씨앗은 태동이 심상치 않았다. 심자마자 벌써 내 몸의 절반 가까이 자라났다. 앞으로의 성장이 무척이나 기대되었다.

두 발자국 앞에서 크리슬리가 감동의 눈초리로 그 모습을 바라보고 있었다. 그녀 역시 이번 일에 있어서 빼놓을 수 없는 주연이니만큼 몸을 추스를 때까지 기다려 준 것이었다.

나는 정신을 못 차리는 다크 엘프들에게 말했다.

"들어라. 두 그루의 세계수를 돌보는 책임자는 크리슬리가 맡을 것인즉. 세계수를 대함에 있어서 너희들은 먼저 크리슬리와 상담을 해야 할 것이다. 싹을 틔웠으니 보다 세심하게 관리를 할 필요가 있다."

"나의 던전 마스터시여, 그 일은 저보다 줄리엄 장로님이 더 어울릴 줄 아룁니다."

크리슬리가 겸손한 태도로 입을 열었다. 최고 연장자는 장로인 줄리엄이었다. 여러 방면의 지식이 뛰어나니 웬만한 일에는 적합하겠지만, 나는 고개를 저었다.

세계수다. 일반적인 지식으로는 측정할 수 없는 생명의 요람이다.

줄리엄 따위가 책임을 논하기엔 여러모로 역부족일 수밖에 없었다. 여기선 변수에 능한 자, 세계수의 본질을 제대로 파악할 수 있는 자가 필요했다.

"책임자는 너다, 크리슬리."

"명을 받듭니다."

이미 확정된 일. 크리슬리가 그를 모를 리 없다.

다소곳하게 한쪽 무릎을 꿇었다.

이렇게 1차적인 정리가 끝났다. 전부 성장하기까지 시간이 얼마나 걸릴지 모르겠지만 던전의 특성상 오래 걸리지는 않을 터였다.

만족스러운 표정을 지으며 몸을 돌리려 할 그때.

후우우우우웅!

지척에서 다시 한 번 용트림이 튀어나왔다.

후우우우우우웅!

하지만 한 번으로 끝나지 않았다. 귀가 아플 정도로 강렬한 울림이다. 두 그루의 세계수가 동시에 합주를 하고 있었다.

나는 인상을 굳히며 시선을 옮겼다.

동시에 할 말을 잃었다. 앞에서 벌어지는 놀라운 광경을 그저 지켜볼 수밖에 없었다.

'합쳐진다?'

새롭게 자라기 시작한 세계수의 싹. 그것이 급속도로 성장하며 바로 옆에 있는 세계수를 향해 가지를 뻗었다. 그러자 반대편의 세계수도 조금씩 몸을 기울였다. 마치 하나로 합쳐지려는 몸부림을 보는 것 같았다.

두 개의 세계수가 동시에 자라는 것도 처음일진대 그것이 이러한 조합을 꾀하리라곤 당연히 예상하지 못했다.

서로 다른 조합의 결과물인지, 아니면 원래부터 세계수 두 개가 함께 있을 때 합쳐지는지 알 길이 없었다.

"나의 던전 마스터시여, 마력의 파동이 심상치 않습니다."

"짚이는 바가 있나?"

묻지 않을 수 없었다.

가장 먼저 움직이기 시작한 게 크리슬리의 피로 조합된 세계수의 씨앗이다. 그렇다면 비슷한 마력 파장을 가진 크리슬리가 무언가를 느껴도 이상하지 않았다. 게다가 나보다 마력에 민감한 게 그녀였다.

크리슬리는 입술을 한 차례 깨물곤 답했다.

"대지룡의 시체에서 추출한 마력이 움직이고 있습니다. 상대를 잡아먹으려는 듯이 난폭하기 그지없사온데……."

나는 곰곰이 그 의미를 생각하다가 침음을 흘렸다.

"대지룡이 생명을 얻기 위해선 거대한 숲 하나를 먹어치워야 한다고 알려져 있다. 세계수라면 능히 숲 몇 개와도 비견될 생명력을 가졌겠지."

크리슬리가 눈을 동그랗게 떴다.

"그럼 큰일이 아닌지요?"

"나도 확신할 순 없다. 그러나 숲을 먹어치우고 대지룡이 나타나는 것이다. 그러지 못하면 대지룡은 생명을 얻을 수 없으니 세계수의 모습으로 다른 세계수를 잡아먹으면 뭔가가 나타나긴 할 터."

거창하게 말했지만 짐작에 불과했다. 그러나 대지룡의 마력만이 움직인다면 이 가설이 가장 그럴싸하였다.

꿀꺽!

다크 엘프 일동의 표정에 긴장이 서린다. 방금 전까지만 하더라도 눈물을 흘리며 감동하길 주저하지 않았건만 순식간에 상황이 뒤바뀌었다.

나 또한 손에 식은땀이 살짝 맺혔다. 어쨌거나 두 세계수는 합쳐지고 있었다.

'막아야 하는가, 놔둬야 하는가.'

선택의 기로에 섰다.

층을 달리해 아예 분리시키면 이와 같은 일이 벌어지진 않을 것이다.

하지만 대지룡이 생명을 얻는 과정이라 생각하면…….

'궁금하다.'

그 결과가 심히 궁금했다.

숲을 먹어치우고 생명을 얻는 대지룡.

하지만 세계수는 숲에 비할 바가 아니다. 생명의 근원이라 할 수 있는 거대한 요람인 것이다. 하여 그 결과를 짐작할 수 없었다. 대지룡보다 상위의 존재가 나타날 수도 있고 애꿎은 세계수 하나만 잃게 될 수도 있었다.

결국 가만히 놔두는 방향으로 결정을 내렸다.

두 세계수의 접전은 한참이나 이어졌다.

서로가 서로의 영역을 침범하며 한쪽은 공격을, 한쪽은 방어를 했다.

나는 가만히 자리에 서서 몇 시간이나 그 광경을 지켜봤다. 만에 하나 더한 일이 생기거든 발 빠르게 움직여야 했으므로……

이어 하루가 지나고 이틀이 더 지나갔다. 하지만 이곳에 모인 이들 중 움직이는 이는 한 명도 없었다. 근처의 숲에서 킹비를 데리고 마실을 나갔던 이히마저 대열에 합류하였다.

마침내 삼 일째가 되었을 때, 변화가 일어났다. 방어를 하는 세계수의 움직임이 미묘하게 느려진 것이다. 반대로 공격을 하는 세계수의 가지는 더욱 맹렬하게 돌진했다.

그다음부터는 일사천리였다. 공격을 하던 세계수의 가지가 상대의 몸 전체를 감쌌다.

후우우웅!

소리를 내며 마력을 빨아들이기 시작했다.

[두 그루의 세계수가 하나로 합쳐지는 데 성공했습니다.]

[불가능한 업적! 최초로 '근원의 나무'가 뿌리를 내렸습니다!]

['근원의 나무'는 세계가 만들어질 당시 생명을 잉태시킨 '시작의 나무'입니다. 알려진 정보가 많지 않습니다.]

[칭호 '세계수의 주인'이 '근원의 주인'으로 변화합니다.]

[3,000,000pt가 지급됩니다.]

두 나무가 합쳐지자 메시지 창이 앞다투어 허공에 떠올랐다.

칭호를 변경시켜 주고 거기다가 300만 포인트마저 가져다준 업적!

"허······."

하지만 내가 놀란 부분은 메시지 창이 아니다.

근원의 나무는 은은한 청색의 빛을 머금고 있었다. 신비하기 그지없는 느낌을 가져다주며 모든 존재를 압도했다. 아직 전부 성장하지 못해 크기는 작았지만 나조차 감탄할 수밖에 없는 현묘함이 서려 있었다.

변하리라 예상은 했으나 이건 진화에 가까웠다.

마음을 가라앉힌 후 상태창을 열었다.

'세계수의 주인(Ex U, 모든 능력치+2)'이 '근원의 주인(Epic, 모든 능력치+3)'으로 바뀌어 있었다.

에픽 등급의 칭호를 갖게 된 건 처음이었다. 전생을 통틀어서도 'Ex U등급'이 한계였다. 스킬이나 아이템이라면 몰라도 칭호는 정말이지 얻기가 힘든 탓이다. 혈족 계승을 통하거나, 극한으로 무언가를 이룩하지 않는 이상 불가능에 가까웠다.

'감회가 새롭군.'

능력치는 이미 전생을 초월한 지 오래다. 하나 칭호를 얻은 건 전혀 다른 기분이었다. 내가 제대로 일보를 나아갔다는, 그런 만족감.

그때 크리슬리가 창백한 얼굴을 들어 내게 물었다.

"나의 던전 마스터시여, 진정으로 저것은 세계수가 맞습니까?"

"근원의 나무라는군."

"……창세의 나무! 나, 나의 던전 마스터시여. 제가 잘못 들은 건 아니겠지요?"

"제대로 들었다."

이름은 여러 가지가 있었다. 근원, 창세, 시작, 기타 등등으로 불리는 게 바로 저 나무다. 크리슬리와 다크 엘프들이 잠시 몸을 비틀거렸다.

"신화 속의 이야기인 줄로만 알았습니다. 실존할 줄이야……."

"그러니 더욱 너의 책임이 막중하다."

"최선을 다하겠습니다."

크리슬리가 얼굴을 굳혔다. 반드시 해내겠다는 의지가 절절하게 느껴졌다. 저것이 정말 근원의 나무라면 세계수는 문제가 되지 않았다.

나는 잠시 미간을 집었다. 급격하게 피로가 몰려들었다. 태연함을 가장했지만 이곳에 모인 이들 중 가장 긴장하고 있던 게 나다.

선택의 결과에 따라 모든 게 허사로 돌아갈 수도 있었다. 세계수를 날린다면 피해가 너무나도 막중했다. 세계수의 씨앗을 조합한 것부터 계속해서 도박의 연속이었다. 이만한 피로감은 상당히 오랜만이다.

"뒷일은 맡기겠다."

무덤덤하게 말하곤 몸을 돌렸다.

크리슬리를 비롯한 다크 엘프 무리가 조용히 무릎을 꿇으며 나를 배웅했다.

그리고 그 시각.

던전을 오르는 일단의 무리가 있었으니.

"용암 거미 두 마리가 추가로 더 다가옵니다!"

"대열을 흩뜨리지 마!"

"에드워드! 불꽃 도마뱀은 불을 내뿜으니까 정면에 서면 안 돼!"

바로 천명회의 데빌헌터 공격대였다. 비공개로 받아들인 인원까지 포함하여 도합 12인이 던전의 6층에 오른 것이다.

6층은 용암지대였다. 가만히 있어도 땀이 비 오듯이 흐르고 발을 잘못 디뎠다간 그대로 살이 녹아버리는 살벌한 장소. 존재하는 마수들 또한 녹록치 않았다.

유은혜가 전기가 서린 검을 휘두르며 에드워드의 뒤를 막아섰다. 본래 하반신이 뭉개진 에드워드였으나 엘릭서의 도움으로 치료할 수 있었다. 이후 복수심을 불태우며 강해지고자 미친 듯이 달려왔다.

이제 막 각성했다고는 믿을 수 없을 정도로 가파른 성장세를 보이며 벌써부터 데빌헌터 공격대의 3인자 자리를 꿰찼다.

만으로 11살, 한국 나이로 고작 12살의 나이지만 키가 160 중반대에 달했고 제법 근육도 붙어 있다. 원래 이 정도는 아니었으나 몇 개월 사이에 10㎝ 이상이 자라난 것이다.

거대한 불꽃 도마뱀이 불을 토해냈다. 그러자 에드워드 윈저는 급히 몸을 낮추고 불꽃 도마뱀의 지근거리까지 다가갔다.

"누나는 걱정이 너무 많아요. 이런 도마뱀 따위는 상대가 안 되는데."

푸욱!

검을 들어 도마뱀의 흉부를 찌른 에드워드가 어깨를 으쓱했다. 그리고 몇 번이나 잔인하게 불꽃 도마뱀의 몸을 찔렀다.

그 모습을 보며 유은혜는 이마를 짚었다.

"너…… 후우! 그래도 공격대는 팀플레이야. 혼자서 앞서 나가는 건 용서 못해."

"알았어요. 그럼 같이 용암 거미를 잡으러 가요. 다른 대원들이 힘에 겨워하잖아요."

말과 달리 에드워드는 뒤도 안 돌아보고 용암 거미를 향해 달려 나갔다. 잠시 넋이 나간 유은혜가 고개를 절레절레 저었다.

"에휴! 내 팔자야."

여태껏 저 천방지축의 뒷바라지를 유은혜가 도맡았다. 팔자에도 없는 육아를 하고 있는 것이다. 공격대장이란 이는 저 애물단지 하나만 던져두고 어딘가로 사라져 버렸으니 절로 한숨이 쏟아져 나왔다.

'공대장님, 두고 봐요. 기필코 때려줄 테니까!'

울상을 지은 유은혜가 급히 에드워드의 뒤를 따랐다.

Dungeon Hunter

지난 몇 개월 사이 한국은 변혁을 맞이했다. 몬스터 웨이브로 인해 거대한 후폭풍을 겪은 탓이다. 수천의 군인이 죽고 수십조에 달하는 재산 피해를 입었으며 그것도 모자라 마수가 자국을 횡단하는 걸 그저 지켜봐야만 하는 굴욕을 겪었다.

안보에 구멍이 뻥 뚫려 버렸으니 민심은 불안할 수밖에 없었다.

누군가의 책임이 필요한 상황.

한 개 사단이 던전에서 전멸하도록 방치한 일이 함께 불거지자 대통령을 포함한 행정 수반 전원이 자리에서 물러나고 대선이 치러지며 정권이 교체되었다.

각성자의 지위가 올라갔음은 당연지사다. 이미 각성자는

국민의 신임을 더할 나위 없이 얻고 있는 상태였다. 그나마 각성자가 나서서 몬스터 웨이브의 피해를 줄일 수 있었던 것이다.

전면적인 지원. 국가 차원에서 대놓고 밀어줬다. 덕분에 길드들은 빠르게 세력을 확장했다.

이미 몬스터 웨이브는 세계적인 위협이었다. 강한 각성자를 데려가려는 나라는 많았고 그 과정에서 자연스럽게 몸값이 뛰었다.

그러자 자국의 각성자가 국내를 빠져나가지 못하도록 골머리를 싸매야 하는 아이러니한 현상이 벌어졌다. 그와 달리 각성자는 빠르게 성장할 발판을 얻었다.

바야흐로 '각성자 전성시대'가 열린 것이다.

Dungeon Hunter

"아, 글쎄. 거기가 세이브 존인 줄 알았다니까?"

늦은 저녁.

호프집에서 생맥주를 들이켜며 김춘원이 나름의 하소연을 쏟아냈다.

오디션을 통해 데빌헌터 공격대에 소속된 그는 '걸걸한 욕쟁이' 칭호의 보유자였다. 음유시인이라는 특이한 직업으로 어그로를 끄는 데 특화되어 있었지만, 주변의 사람들이 김춘원을 바라보는 눈길은 싸늘하기 그지없었다.

"다들 왜 그렇게 쳐다봅니까? 솔직히 다들 처음엔 세이브 존인 줄 알았잖아요? 설마 여장 다 풀었을 때 마수가 난입할 줄 내가 알았나."

"아저씨, 아니라고 했는데 우겨서 문제가 된 거잖아요. 인정 좀 하시지?"

탄산음료를 마시던 유은혜가 쓰게 핀잔했다.

던전의 6층. 용암지대에서 몇 개의 나무집을 발견하고 들어간 게 화근이었다. 보통의 세이브 존은 기하학적으로 생긴 통칭 '똥집' 주변에 형성되어 있었다. 그러나 김춘원은 나무집을 발견한 즉시 세이브 존이라고 박박 우기며 공격대원 전원을 끌고 간 것이다.

하지만 그 주장과 다르게 마수가 난입하며 최악의 상황에 몰렸다. 다행히 큰 피해는 없었지만 지금 생각해도 가슴이 철렁하는 순간이었다.

김춘원이 인상을 찌푸렸다.

"내가 왜 아저씨야? 나 아직 이십 대 초중반이거든? 그리고 애당초 그런 곳에 나무집이 있다는 거 자체가 이상하다고. 마수가 집을 굳이 만들 필요가 없잖아?"

"왜 없어요? 지능이 있고 이족 보행하는 마수도 있는 것 같던데."

유은혜의 대답에 김춘원이 눈을 부라렸다.

"이 가시나는 사사건건 딴죽이네."

"어머, 무서워라. 꼭 어디 으슥한 곳으로 끌려갈 거 같아!"

엄살을 부리며 유은혜가 에드워드의 뒤로 숨었다. 닭다리를 물어뜯던 에드워드가 김춘원을 바라봤다.

아이답지 않게 깊은 눈동자를 마주하자 김춘원이 슬그머니 고개를 돌렸다. 에드워드는 극소수의 몇 명을 대할 때를 제외하면 항상 저런 눈빛을 짓곤 했다.

'애새끼 눈깔이 무슨……!'

내심 욕지기를 뱉은 김춘원이 맥주를 목구멍에 들이부었다.

조금 더 건실한 이야기를 위해 이지혜가 손뼉을 쳤다.

"그만해요. 오늘 모인 건 마수 '파이록'에 대한 대책을 강구하기 위함이에요. 저희도 도망치는 게 고작이었을 정도로 강력한 마수니 작전을 짤 필요가 있어요."

몬스터 웨이브가 있었을 당시 한 차례 출현한 적이 있는 마수다.

전투기를 떨어뜨리고 수많은 군인을 학살한 파이록!

작은 용의 몸과 박쥐의 날개를 지닌 그 마수를 6층에서 마주했을 때 공격대는 혼비백산이었다. 대적할 생각 자체를 하지 못했다. 그저 도망치는 게 전부였을 따름이다.

"언니, 딱 봐도 숫자가 많은 거 같진 않더라. 잘 피해 다니면 되지 않을까?"

어느새 자리로 돌아온 유은혜가 의견을 개진했다.

이시혜는 고개를 저었다.

"그걸 확신할 수 없다는 게 문제야. 피해 다녀도 7층은 더 강한 마수가 존재할 가능성이 높아. 우리가 5층을 뚫을 때 얼마나 고생했는지 벌써 잊었니?"

머드 골렘과 꼭두각시 인형, 하피가 주를 이뤘던 5층의 악몽을 떠올리자 공격대원 전원이 몸을 부르르 떨었다. 그간 능력치를 올리고 스킬의 숙련도를 높여서 공략에 성공하긴 했지만 몇 번이나 전멸당할 위기를 맞이하지 않았던가.

"언니, 그럼 방법이 없지 않아? 차라리 밑에 층에서 레벨업을 꾀하는 게 낫겠다."

"길드에서 주는 압박이 장난 아니야. 데빌헌터 공격대에거는 주변의 기대가 너무 커. 적어도 7층 공략에는 성공해야해. 시간이 많지는 않아."

유은혜가 이마를 약하게 때렸다.

"에고고, 잘난 공대장님 덕분에 대원들 허리가 휘는구나!"

"그 잘난 공대장님은 지금 부재중이시고 말이야."

사실 데빌헌터 공격대의 주가가 이처럼 올라간 배경에는 랜달프 브뤼시엘이라 불리는 공격대장이 있었다. 그 한 명의 존재로 말미암아 데빌헌터 공격대는 '대한민국 최강'이란 타이틀을 거머쥐게 됐는데, 말이 최강의 공격대이지 실속이 있을 리가 없다. 그나마 유은혜와 에드워드가 최근 부각되고 있었지만 그뿐이었다. 아직 갈 길이 멀다.

한데 공격대장이란 자가 크라스라와 함께 사라져 버렸으니……. 핵심 전력의 부재가 뼈아프게 다가왔다.

어떻게든 공격대의 이름값을 떨어뜨리지 않으려고 대원들이 발바닥에 땀나게 돌아다니고 있지만 그것도 슬슬 한계인가 싶었다.

급속도로 분위기가 다운되려 할 찰나, 유은혜가 손을 번쩍 들었다.

"다른 유명 공격대의 지원을 받는 건 어때?"

"모두가 알 정도로 유명한 공격대면 우리와 페어를 짜려고 하겠니?"

유은혜가 입술을 쭉 내밀곤 투덜댔다.

"하긴. 우리 공격대가 좀 시기와 질투를 많이 받긴 하지. 하여간 너무 잘나도 문제예요. 왜 못 잡아먹어서 안달인지 몰라."

5대길드.

그중 데빌헌터 공격대는 천명회 소속이었으나 같은 길드 내에서조차 말이 많았다.

랭크전에서부터 시작해서 세계 각지의 몬스터 웨이브를 막아낸 것까지 압도적인 위업을 많이 세웠지만 결국 '랜달프 브뤼시엘의 후광만이 존재하는 1인 공격대가 아니냐'는 후문이 간간히 들려오는 것이다.

내부가 이럴진대 다른 4개의 길드는 어떻겠는가.

다들 공격대장은 인정하는 분위기지만 공격대 자체는 그다지 좋지 않게 보고 있었다. 아예 공격대장인 랜달프의 이름으로 도움을 청하면 모를까 공격대에서 보내는 요청 따위는 가볍게 무시해 버릴 터였다.

"그렇다고 아무 공격대나 받을 수도 없어. 우리 공격대의 뒤를 캐려는 작자도 많잖아. 괜히 합류했다가 이상한 소문이라도 퍼지면 골치 아파."

이지혜가 땅이 꺼져라 한숨을 내쉬었다.

이러나저러나 데빌헌터 공격대만으로 해결을 봐야 했다.

"언니, 그러지 말고 이걸 기회로 삼자. 오히려 공대장님이 안 계신 지금 우리가 7층을 공략한다면 '1인 공격대'의 오명도 벗을 수 있지 않겠어?"

"그게 오명이라면 정말 좋겠는데."

대원들 모두가 안다. 공격대장이 얼마나 대단한 사람인지. 이곳에 모인 모두가 덤벼들어도 털끝 하나 건드리지 못할 진정한 강자라는 걸 말이다.

유은혜가 어깨를 으쓱하며 탄산음료가 든 잔을 들었다.

"에이, 꿀꿀해. 일단 마시자. 일단 마시고 생각하자!"

"가시나, 탄산음료 들고 저게 뭔 또라이 같은 짓. 헉?"

김춘원이 빈정대자 바로 앞 식탁 위에 포크가 꽂혔다.

깜짝 놀란 그가 이를 갈며 포크를 던진 범인을 색출하기

시작했다. 포크가 날아온 각도를 계산하여 산출한 결과 에드
워드가 당첨되었다.

"……."

김춘원이 시선을 돌렸다.

부글부글 끓던 속이 단번에 진정되었다.

아무리 욕을 입에 달고 사는 그라지만 저 어린놈의 눈빛만
은 당해낼 수가 없었다. 그런 주제에 또 유은혜에겐 정상적
으로 구니 아주 미치고 팔짝 뛸 일이었다.

'에이, 시벌. 마마보이냐?'

어린놈과 싸우면 자기만 손해라며 애써 자기합리화를 하
는 김춘원이었다.

Dungeon Hunter

던전의 최상층.

나는 가만히 던전 코어 위에 뜬 홀로그램을 주시했다. 내
정 모드로 들어가 시시각각 일어나는 변화를 확인하는 중이
었다.

바로 근원의 나무 때문이다.

풍요의 여신상이 주는 축복의 효과로 가파르게 성장 중이
었는데 알려진 정보가 많지 않았다.

만물상점에서 판매하는 잡화 중 창세와 관련된 서적을 대

량으로 구매해서 독파했지만 근원의 나무와 관련된 이야기는 거의 없었다.

'최초로 생명을 잉태했다는 것. 수많은 서적을 읽으며 그 하나만 건질 수 있었지.'

결국 직접 확인할 수밖에 없다는 뜻이다.

하지만 아직 가시적으로 두드러지는 특징은 나타나지 않았다.

실시간으로 던전 내부를 파악하는 중이었으나 0.5% 정도 번식률이 상승했다는 걸 제외하면 전무했다. 그런데 이마저도 자연적으로 올라간 것인지 근원의 나무가 영향을 준 것인지 파악할 수 없었다.

시간을 두고 지켜봐야 할 일. 시기상조이긴 하였다.

하나 세계수를 잡아먹고 나타난 종인 만큼 기대가 되는 건 어쩔 수 없었다. 하물며 창세와 관련된 나무이니 작은 것 하나 놓쳐선 안 되는 것이다. 그게 내가 눈에 불을 켜고 홀로그램만 주시하고 있는 이유였다.

"마스터, 이히가 아주 재밌는 걸 봤어요!"

킹비를 데리고 마실을 나갔던 이히가 혼자서 돌아왔다.

항상 웃는 모습이긴 했지만 오늘따라 더욱 싱글벙글한 상태였다.

"그렇군."

가볍게 대꾸는 해주었지만 시선은 돌리지 않았다. 이히가 눈앞으로 날아와 날개를 퍼덕였다.

"이히가 아주 재밌는 걸 봤어요!"

"비켜라. 안 보인다."

"힝⋯⋯."

어깨를 축 늘어뜨린 이히가 쓸쓸하게 퇴장했다. 그러더니 혼잣말을 시작했다.

"인간들이 올라왔는데. 드워프가 막 퀘스트도 내리던데. 이히가 진짜 봤는데. 예전에 마스터가 보고하래서 한 건데. 그야 이히가 장난을 조금 치느라 늦기는 했지만 마스터는 너무해. 이히는 마음에 상처를 받았어요~ 앞으로는 안 알려줄래요."

"7층에 인간들이 나타났다는 건가?"

내가 관심을 가져주자 이히는 급격히 태세를 변환시켰다.

"네, 마스터. 이히가 두 눈으로 똑똑히 봤어요."

순식간에 날개를 퍼덕이며 날아오더니 다시 헤실헤실 웃는다.

요정은 단순하다지만 이히는 더한 느낌이다. 관심을 먹고 사는 그런 종류의 요정이라고 할까?

"마찰이 생기진 않은 것 같군."

조만간 인간들이 7층에 다다르리라고 예상은 하고 있었다. 이미 대강의 준비가 끝난 상태이긴 했지만 가장 걱정했던 게 인간들이 다짜고짜 드워프를 공격할 경우였다. 다행히 그런 일이 일어나진 않은 모양이었다.

"인간들은 멍청해요. 조금만 잘해줘도 속아 넘어가요. 작은 드워프가 무기를 수리해 준다니까 바로 경계심을 없애는 거 있죠? 그걸 보고 이히는 배꼽이 빠지게 웃었어요."

"이히, 퀘스트가 정식으로 등록되는 걸 확인했나?"

마수가 인간에게 퀘스트를 부여할 수 있는지 개인적으로 궁금하기 짝이 없었다. 그리고 마수가 퀘스트를 부여할 수 있다면 사용할 수 있는 전략이 하나 더 늘어나는 셈이다.

"작은 드워프가 부탁을 하니까 인간들이 놀라했어요. 퀘스트 창이 떴다면서 막 좋아했어요."

이히의 말이 끝남과 동시에 고개를 주억였다.

'정말 퀘스트를 부여할 수 있단 말인가……'

이건 상당히 중요하고 유용한 정보였다.

즉시 던전 수정구를 꺼내 와 7층의 드워프 마을을 비췄다.

잠시 후 수정구의 표면이 흐려지며 마을의 전경이 펼쳐졌다.

완공된 마을은 제법 볼만하였다.

우선 2층 높이의 건물 십여 채가 가지런히 놓여 있었다. 광장에는 조각상이 넘쳐났고 시계탑도 세워져 있었다. 특히 건물은 드워프만이 아니라 인간도 들어갈 수 있을 정도의 크기로 만들어져 있었는데, 그 사이를 지나다니는 몇몇 인간의 얼굴이 무척이나 낯익었다.

'유은혜, 이지혜, 에드워드 윈저.'

모를 수가 없다.

저들은 내가 공격대에 직접 끌어들인 인간들이다.

'가장 먼저 7층에 오른 게 데빌헌터 공격대라.'

묘한 기분이었다.

한동안 공격대의 존재를 잊고 있었건만 이런 식으로 나타
날 줄이야.

뿌듯한 마음도 없진 않았다. 다른 층도 아니고 7층에 최초
로 오른 게 데빌헌터 공격대인 것이다. 나 없이도 해냈다는
건 착실하게 성장하고 있다는 방증이었다.

'지켜봐야겠군.'

나는 턱을 쓸며 가만히 수정구를 주시했다.

한 차례 6층 공략에 실패한 직후.

데빌헌터 공격대는 만반의 준비를 갖추고 다시 한 번 던전
진입에 도전했다.

값비싼 포션은 두말할 것이 없고 중급 마수 파이록의 대비
책으로 '억!' 소리 나는 이동 스크롤을 준비한 것이다. 고작
10m 안팎의 이동만 가능하나 여벌의 목숨은 되어주리라 믿
어 의심치 않았다.

5층까지는 세이브 존을 확실히 확보해 둔 덕분에 이동이
수월했다. 보통의 마수는 평소 다니는 길로만 이동하는 경향

이 있었다. 그 경로만 피해 다니면 크게 부딪힐 일은 생기지 않는다. 당연히 데빌헌터 공격대는 안전한 루트 몇 개를 파악해 둔 상태였다.

루트는 돈으로도 팔 수 없는 고급 정보다. 이러한 정보는 정규 공격대를 꾸리는 데 큰 힘이 된다.

거침없이 던전을 뚫자 하루가 안 되어 6층에 도달할 수 있었다. 용암지대인 탓에 가만히 서 있는 것만으로도 땀이 비 오듯이 흘렀다.

당장 공격대가 파악한 6층의 마수는 이러했다.

불꽃 도마뱀, 용암 거미, 파이어 라바, 파이어 슬라임, 그리고 파이록!

앞의 넷은 솔직히 5층의 마수에 비해 크게 강하지는 않았다.

유은혜나 에드워드급이 되면 혼자서도 맞붙는 게 가능하였다. 몇 번 부딪히며 나름의 공략법도 숙지했으니 뚫고 나가는 일만 남았다. 파이록만 제외하면 고비라고 할 만한 것은 없었다.

"……언니, 조금 김빠진다. 그치?"

유은혜가 주변의 건물을 둘러보며 느지막하게 한숨을 내쉬었다.

7층. 이곳은 드워프의 마을이었다.

한 발자국 움직이는 것조차 긴장하고 있었건만 결국 6층에서 파이룩은 마주치지 않았다. 수월하게 7층으로 올라서자마자 공격대를 반긴 건 1m를 겨우 넘는 크기의 '드워프'였다.

처음에는 잔뜩 날을 세우고 견제했으나 그들은 친절했다. 얼굴에 웃음을 띤 채 오히려 공격대를 환영했다. 웃는 얼굴에 침 못 뱉는다는 말처럼 선제공격을 행할 수는 없었다.

던전에서 이런 일은 처음인지라 모두가 어안이 벙벙하고 있을 그때, 그들은 무기의 수리와 쉴 곳을 제공해 주겠다는 빌미로 공격대를 끌어들였다.

"아직 몰라. 긴장 놓지 마."

이지혜가 창백한 얼굴로 눈을 열심히 굴렸다.

이유 없는 선의는 없다고 굳게 믿는 그녀다. 어쩌면 함정으로 이끄는 것일지도 모른다. 혹시 몰라서 몇 명은 입구 쪽에 놔두었다.

"딱히 적의는 없어 보이는데? 언니, 그리고 드워프들이 착용한 무기들을 봐. 장난 아냐. 레어 등급이 무슨 쓰레기처럼 막 굴러다니잖아. 숫자도 우리보다 훨씬 많고……. 굳이 우리를 함정에 빠뜨릴 필요가 있을까?"

유은혜가 나름 조리 있게 말했다.

그녀의 말마따나 드워프들의 무장 정도는 눈을 휘둥그렇게 만들었다. 무기, 방어구, 뭐 하나 빠지는 것 없이 다들 훌륭하기 그지없었다.

저것들 중 하나만 가져가도 단번에 떼돈을 벌수 있을 것이다. 데빌헌터 공격대에 소속된 이상 돈이 궁할 일은 없지만.

하여간 숫자도 거의 100에 다다르니 함정이 필요치 않을 터였다.

작은 키는 문제가 되지 않았다. 떡 벌어진 어깨, 알차게 들어찬 근육만 봐도 '쉽지 않겠다'는 생각이 절로 드니까 말이다.

"하하. 용사분들, 걱정하지 마십시오. 우리 드워프는 다른 마수들과는 다릅니다. 오히려 용사분들을 기다리고 있었지요."

앞서서 대원들을 안내하던 드워프가 호탕하게 웃었다. 확실히 적의는 없다. 주변을 지나는 드워프들도 일행을 그저 신기하게 바라볼 뿐이다.

이지혜가 쌍심지를 세웠다.

"의도가 뭐죠? 적의가 없다면 굳이 무장을 하고 있을 필요도 없을 텐데요?"

"이곳은 던전입니다. 마수들도 각자 생활 영역이 있고, 생존을 위해 투쟁을 합니다. 만약의 사태를 대비해 우리는 항시 무장을 하고 다닙니다. 그리고…… 성급해하지 마십시오. 나머지 이야기는 장로님이 모두 해주실 겁니다."

드워프의 설명은 일견 타당해 보였다. 하지만 그것만으로는 설명이 되지 않는 게 너무 많았다.

처음으로 말이 통하는 마수를 만나서일까?

어쩌면 전 세계의 모두가 모르는 '진실'에 근접할 수 있을지도 모른다.

이지혜는 불편한 기색을 내비치면서도 꿋꿋이 걸어 나갔다.

"이곳입니다. 아차차. 용사분들, 만약을 대비해 무기를 받아도 되겠습니까?"

깜빡하고 있었다는 듯 드워프가 뒤이어 말했다. 그러자 이지혜는 고개를 내저었다.

"무장해제는 있을 수 없어요."

"그럼 전사들이 함께 들어가야 합니다. 이야기가 길어지면 조금 불편할 텐데, 괜찮겠습니까?"

어떡해야 하는가?

대원들의 시선이 이지혜에게 집중됐다.

공격대의 대소사를 결정할 때는 보통 그녀의 의견을 따르는 편이었다.

"감수하죠."

"알겠습니다."

드워프가 눈짓하자 주변을 따르던 둘이 더 합류했다.

7층의 입구에 남겨둔 대원이 셋. 이곳에 도착한 인원이 아홉이니 만에 하나의 일이 벌어지면 이쪽이 절대다수였다.

그만큼 자신 있다는 뜻이겠지. 아니면 심각할 정도로 느슨한 것이거나. 하지만 이곳은 던전이었다. 후자는 결코 있을 수 없었다.

여러 가지 상황을 상정하고 이지혜가 앞장서서 건물 안으로 들어갔다. 그 뒤를 대원들이 따랐다.

곧 거대한 나무 탁자 앞에서 곰방대를 피우고 있는 드워프를 발견했다.

툭!

은으로 만들어진 그릇에 재를 털어낸 뒤 드워프가 입을 열었다.

"반갑소, 용사들이여. 내 이름은 스테인이오. 이 작은 마을의 장로직을 맡고 있지."

모든 대원이 탁자에 앉았다. 마지막으로 스테인이 자리 잡으며 이야기가 진행되었다.

"궁금한 게 많을 것이오. 웬만한 선이라면 모두 답해드리겠소. 서로의 신뢰를 쌓으려거든 그 편이 좋을 테니까."

"1차 몬스터 웨이브 때 드워프를 보았다는 사람들이 있어요. 이곳의 드워프와 관련이 있나요?"

이지혜가 날카롭게 물었다.

스테인은 어깨를 으쓱하며 뻔뻔하게 답했다.

"몬스터 웨이브? 그게 무엇이오?"

"마수들이 던전을 빠져나와 인간들을 공격하는 행동의 총

칭이죠."

"그런 일이 있소? 우리는 모르는 일이오. 던전을 빠져나간 적도 없고."

사실 드워프가 던전을 빠져나간 일이 있긴 했다. 던전 마스터의 명에 따라 최하급 마수 따위를 이끌고 도시를 공격한 것이다. 1차 몬스터 웨이브 때 드워프를 보았다던 증언들도 거짓은 아니었다.

하지만 뒤에서 지휘한 게 전부다. 우연히 목격되었을 수도 있지만 확신하진 못할 터. 잡아떼면 그만이었다.

이지혜는 의심스러운 눈초리를 거두지 않았다.

"던전을 빠져나간 적이 없는데 용사의 존재를 알고 있다는 건 이상하군요."

"이상할 게 뭐가 있겠소? 우리들은 이 던전이 있는 장소가 전혀 다른 장소임을 알고 있소. 애당초 우리도 던전에 기거하던 이들은 아니라오. 그대들이 있는 '지구'와는 전혀 다른 곳에서 왔다고 할 수 있지."

"전혀 다른 곳이라뇨?"

이지혜의 눈에 호기심이 서렸다.

"'헤브나임'이라 불리는 대륙이오. 뭐, 말해봤자 모를 테지만……. 우리는 어느 날, 강제적인 힘에 의해 던전으로 이송되었소. 그리고 이곳에서 강제적으로 살 것은 강요당했지. 아마도 이 던전의 최상층에 있는 '던전 마스터'라는 자를 죽여야 우리는 원래 있던 장소로 돌아갈 수 있을 것이오. 그리고…….."

잠시 숨을 들이쉰 스테인이 주먹을 불끈 쥐었다.

"용사의 존재를 어떻게 아느냐고 했소? 간단하오. 우리는 우리의 신에게서 계시를 받았소. 오로지 그대들만이 이 던전을 해방시킬 수 있으리라고!"

준비된 대본.

절반의 거짓과 절반의 진실을 섞는다. 거기다가 스테인의 연기력은 수준급이었다.

격정적인 몸짓까지 더해지자 이지혜조차 긴가민가할 수밖에 없었다.

"신에게서 계시를 받았다니, 쉽게 믿을 수는 없는 이야기네요."

"지금 우리와 그대들이 만난 것 자체가 기적이오. 있을 수 없는 일이지."

현대의 세상은 기적의 연속이다. 던전의 출현부터 각성자의 등장까지. 뭐 하나 정상적인 게 없었다. 신이 등장해도 하등 이상할 게 없는 것이다.

"좋아요. 그렇다고 하죠. 하지만 다른 마수들은 뭐죠?"

"지능이 낮거나 우리 드워프와는 다른 생각을 지닌 자들이라오. 던전은 넓소. 마수도 많지. 종류도 다양하고. 우리와 같을 수는 없지 않겠소?"

"그럼…… 적어도 이곳의 드워프는 적이 아니라고 생각해도 된다는 건가요?"

"바로 그렇소. 우리는 그대들을 도울 용의가 있소. 물론 맹목적인 도움은 아니겠지만…… 요컨대 서로가 상생하는 길을 걷자는 것이오. 대가 없이 돕고는 싶으나 우리 사정도 여의치가 않으니."

이지혜가 시선을 옮겨 집 안 곳곳에 걸린 장비들을 바라봤다. 모두 범상치 않은 것뿐이었다. 저것 중 몇 개만 얻을 수 있어도 충분히 해볼 만한 장사다.

이들이 정말로 적의가 없다면 관계를 터놔서 나쁘지 않다는 결론을 내렸다.

"상생. 좋은 말이네요. 바라는 게 뭐죠? 아주 괜찮은 의견이지만 보다시피 당장 내놓을 게 없네요."

"우리가 바라는 건 그대들의 도움이요. 드워프는 숫자가 적어서 마을을 비우기가 쉽지 않소. 외부적인 일을 처리할 때마다 언제나 골치이지."

"도움이라……. 무슨 도움을 필요로 하는 것인지 궁금하군요."

"간단하오. 7층에 있는 달팽이과 마수 '흑와'를 10마리만 제거해 주시오. 놈들이 내뱉는 점액은 땅을 심각할 정도로 무르게 만들지. 덕분에 땅이 움푹 꺼져서 고생한 드워프가 한둘이 아니오. 껍질도 가져다준다면 추가로 보상해 주겠소.

흑와의 껍질은 검집으로 만들면 제격이거든."

스테인의 말이 끝난 바로 그 순간이었다.

『'스테인의 부탁' 퀘스트가 발생했습니다.』

『목적 - '흑와' 10마리 제거 0/10』

『보상 - 스테인과 상담하십시오.』

"어?"

"퀘스트!"

대원들 모두가 깜짝 놀랐다. 설마하니 퀘스트가 떠오를 줄
은 상상도 못했기 때문이다.

이런 걸 '돌발 퀘스트'라고 부르는데 해결하는 편이 좋다는
게 각성자들 사이에서의 정론이었다. 보상도 보상이지만 이
런 돌발 퀘스트를 해결하면 능력치가 조금 더 빨리 상승한다
는 이야기가 곳곳에서 흘러나오고 있었다.

능력치는 절대적이다. 높으면 무조건 좋다. 게다가 이런
유의 퀘스트를 해결하다 보면 '업적'을 얻을 가능성이 높
았다. 업적 정도에 따라서 따로 칭호나 스킬을 더 얻는 경우
도 많았다. 대원들의 눈에 불이 켜졌다.

"한번 해보죠."

이지혜가 고개를 끄덕였다.

흑와는 하급의 마수였다. 크기가 그다지 크지 않지만 검은색의 껍질이 미친 듯이 딱딱했다. 점액은 강한 산성을 띠고 있었는데, 공격적인 성향이 아니어서 사냥 자체는 어렵지 않았다.

대신 흑와의 주변은 마치 싱크홀처럼 움푹 꺼지는 경우가 많았다. 한번 빠지면 좀처럼 올라오기가 쉽지 않은지라 거기서 조금 난항을 겪었다.

"어째 7층이 더 쉽네."

10마리째 흑와를 사냥하고 유은혜가 중얼거렸다.

대원들도 동의했다. 5층이나 6층보다 7층이 쉬웠다.

"흐흐. 쉬어가는 스테이지 같은 느낌인데?"

김춘원이 싱글벙글 웃었다.

음유시인으로서 어그로를 끄는 게 그의 역할이지만 흑와는 그럴 필요가 없었다. 할 일 없이 가만히 지켜보기만 하는 게 무척이나 편한 것이다.

전투가 종료되자 이지혜가 말했다.

"수레에 싣고 이동하죠. 다시 마을로 돌아갈 차례예요."

마을을 떠나기 전 스테인이 커다란 수레 하나를 건네준 것이다. 덕분에 흑와의 껍질을 조달하는 게 간단해졌다.

대원 두 명이 흑와의 껍질을 옮기기 시작할 때 유은혜가 입을 열었다.

"언니, 드워프들이 보상으로 뭘 줄까? 전설의 검 같은 걸

주려나?"

"이런 껍질 10개에 전설의 검을 주겠니? 그냥 쓸 만한 도구 몇 개나 던져 주겠지."

"그래도~ 첫 부탁인데. 유니크 등급 검만 줘도 좋겠다."

"꿈은 깨라고 있는 거란다, 동생아."

시답잖은 농담을 나누며 대원들이 수레를 끌고 이동했다. 수레 안에는 흑와의 껍질 10개가 산처럼 쌓여 있었다.

이동 중 유은혜가 기지개를 켰다.

"아, 우리 공격대가 7층 공략에 성공한 게 알려지면 배 아플 사람들 꽤 있겠지?"

"그렇겠지. 드워프의 마을을 발견한 것도 빅뉴스가 되겠고."

"1인 공격대의 오명을 드디어 벗는 건가……."

오명 아닌 오명이지만.

이지혜는 굳이 그 말을 입 밖으로 꺼내지 않았다. 유은혜와는 어느덧 친동생 이상으로 사이가 좋아졌다. 유은혜의 유쾌한 모습을 보니 덩달아 미소가 그려지는 이지혜였다.

위이잉—

"정지! 전방 70m. 무언가가 다가옵니다. 숫자가 제법 많습니다."

선두에서 전방을 살피던 대원 하나가 말했다. '정찰자'라는 특이한 직업의 소유자. 감이 매우 뛰어나서 도움을 받은 적이 많았다.

귀를 기울이자 위이잉- 거리는 소리가 똑똑히 들려왔다.

그 소리가 워낙 작아 여태껏 포착하지 못한 것이다.

정찰자가 침을 꿀꺽 삼켰다.

"후방에서도 옵니다. 젠장……. 이거 못 피하겠는데요?"

전후로 갇혔다. 거리도 멀지 않다. 이지혜가 결단을 내렸다.

"전투준비. 가더들, 앞으로."

"가더들, 앞으로."

"한 분은 전방에서 다가오는 마수들의 어그로를 끌어야 합니다."

"제가 가겠습니다."

가더 중 한 명이 자진하여 손을 들었다. 어그로를 끌고 움직이며 후방의 대원들이 편히 움직일 수 있도록 하는 게 그의 역할이었다.

역할 분담이 완료되자마자 전방과 후방에서 거대한 벌 떼가 나타났다.

어림잡아 100마리 이상!

그 크기만 1m는 되어 보일 법한 괴물 벌이었다. 더듬이를 움찔거리는 게 어찌나 혐오스러운지 대원들도 혀를 내두를 수밖에 없었다.

"……망할, 보너스 스테이지 아니었어?"

김춘원이 욕지기를 내뱉었다.

괴물 벌, 킹비의 공격은 매서웠다.

독침을 쏘아대는 게 전부인 단순무식한 공격이었지만 한 방만 맞아도 끝장이다. 아무리 각성자라도 저 기다란 침을 맞고 버텨낼 재간은 없었다. 독이라도 함유되어 있다면 맞는 즉시 저세상행이었다.

"커헉!"

하지만 숫자 앞에 장사 없다는 말처럼 처음에는 저항하던 대원들도 하나둘 킹비의 희생양이 되었다. 침에 찔린 대원은 급속 마비 증상을 일으키며 바닥에 쓰러져 게거품을 흘렸다. 몸을 부들부들 떠는 등 여러모로 위급한 상태가 연출되었다.

'어떡하지?'

이지혜의 머리가 팽팽 돌았다. 하지만 도저히 방법이 없었다. 여기서 버리면 그 동료는 죽는다. 반대로 끝까지 싸운다 하여 이길 수 있을 것 같지도 않았다.

"악……!"

"은혜야!"

유은혜의 비명 소리가 들려오자 이지혜가 정신을 차렸다. 급히 다가가려 했지만 중간에 킹비가 막아섰다. 에드워드도 힘에 겨워하는 모습이었다.

다른 이들은 몰라도 유은혜를 버릴 순 없었다. 이지혜가 손을 들어 워터 스피어를 날렸다. 하지만 킹비에게 그다지 효과적인 공격은 아니었다.

도리어 킹비가 방향을 바꿔 이지혜를 노리고 달려들었다. 킹비의 침이 지척에 다가오자 이지혜는 입술을 깨물며 눈을 감았다.

　"너희들, 이히가 적당히 하랬지! 정말 이히가 너희들 때문에 못살아. 하루 종일 꿀 좀 따봐야, 아~ 이래서 이히의 말을 들어야 하는구나 하고 깨닫지. 응?"

　돌연 들려온 목소리.

　이지혜가 슬며시 눈을 떴다.

　동시에 크게 놀랐다.

　에메랄드빛 머리칼을 지닌 작은 요정이 바로 앞에 있었던 것이다.

　'대체?'

　헛것을 본 건가? 이지혜가 눈을 비볐다.

　하지만 아무리 비비고 또 비벼도 반투명한 '요정'은 사라지지 않았다.

　요정이 역정을 내자 킹비들이 움직임을 멈췄다. 그리곤 주눅이 든 듯 펄럭이는 날개의 힘을 쭉 빠뜨렸다. 누가 봐도 요정에 의해 저 거대한 괴물벌이 조종당하는 모습이다.

　이지혜는 주변을 둘러봤다. 남아 있는 대원의 숫자는 고작 셋이 전부였다. 나머지 아홉은 진즉 땅에 누웠다. 죽은 이는 없지만 위급한 상황임은 분명했다. 그럼에도 쉽사리 움직일 수가 없었다.

요정 이히가 팔짱을 끼곤 거만하게 말했다.

"잘못했다고? 이히는 그런 말, 믿지 않아. 이히는 말보다 행동으로 보여주는 걸 좋아해. 번드르르한 말로 상처 주는 남자가 던전에 너무 많아. 이히같이 착한 요정은 항상 그런 남자의 희생양이 돼."

이야기만 들어보면 비운의 여인이 따로 없었다. 남자에게 크게 데이기라도 한 듯 슬쩍 눈시울을 닦는 행동까지 보여주었다. 눈물은 나오지 않았지만…….

그러자 킹비들이 움직이기 시작했다. 이지혜가 눈을 동그랗게 뜨며 지팡이를 들었다.

"멈춰!"

쓰러지지 않은 대원 두 명이 이지혜의 곁으로 다가왔다. 세 명. 바글바글한 킹비를 막기는 역부족이었다.

꿀꺽!

다리가 바르르 떨리고 정신이 아득해졌지만 물러설 순 없었다.

이히가 눈살을 찌푸렸다.

"뭐니, 이 못생긴 계집애는? 꼭 히프그리프 엉덩이같이 생겨놓고선."

"어, 엉덩이? 아니, 그보다 우리를 공격하는 이유가 뭐지?"

이지혜가 당황하다가 급히 정색했다. 어떻게든 시간을 끌고 도망갈 틈을 찾아야 한다. 시선은 앞을 바라보고 있었지만 뒷짐 진 손으로 다른 두 대원에게 신호를 보내고 있었다.

위급 상황 시, 말을 하지 못할 때 의미를 전달하고자 사전에 모의한 내용이었다.

기회, 도망, 도움. 이 세 단어를 대원들이 알아보곤 입술을 깨물었다.

이히는 입을 가리고 짐짓 놀란 표정을 지었다.

"어머머, 히포그리프 엉덩이같이 생긴 게 머리도 나쁜가 봐! 혹시 너의 뇌는 배설물로 이루어져 있니? 아우, 냄새나."

코를 막고 손을 휘휘 젓는다.

"……."

요정의 이미지가 와장창 깨지는 순간이었다. 이런 악덕한 요정이 있다는 이야기는 들어본 적이 없었다.

동화에 나오는 요정이란 장난기가 많긴 해도 기본적으로 깨끗하고 착한 이미지인 것이다. 하지만 눈앞의, 자신을 이히라 칭하는 요정은 정반대였다. 이렇게 막말하는 요정은 본 적도 들어본 적도 없었다.

"그리고 매일 산책하는 경로에 쓰레기가 있는데 그럼 안 치우겠니?"

"쓰레기……?"

"이히히. 이히는 착한 요정이라 쓰레기를 보면 꼭 치우거든."

이히가 우쭐했다.

정말 자신을 '착한 요정'의 범주 안에 넣고 있는 모습이다.

그때였다. 이지혜의 뒤에 서 있던 두 대원이 뒷걸음질을 치더니 대뜸 달려 나갔다. 킹비나 이히가 미처 대처하기도 전에 움직인 것이다.

"앗! 놓치면 안 되는데……!"

"쫓아가게 놔둘 줄 알아? 워터 스피어!"

결사의 각오를 다지고 이지혜가 이히에게 워터 스피어를 갈겼다. 저 요정이 킹비를 움직이는 주체라는 걸 알았으니 요정만 배제하면 되겠다는 생각에서였다.

하지만 요정은 영체다. 거기다가 이히는 던전 코어의 요정이었다. 던전 코어에 해를 가하지 않는 이상 이히가 피해를 입기는 어려웠다.

그래도 이히는 기분이 나빠졌는지 양 볼을 두툼하게 부풀렸다.

"이 못생긴 계집애! 감히 이히를 공격해?"

"칫!"

혀를 찬 이지혜가 불안한 듯 지팡이를 억세게 쥐었다. 여기서 끝인 듯싶었다.

유은혜라도 탈출시키고 싶은 마음이 굴뚝같으나 여의치 않았다. 던전에 들어가게 되면서 언제고 이런 일이 벌어지리라 예상하고 있었지만, 막상 닥치니 암담하기만 했다.

"아무리 천사같이 착한 이히라지만 이건 어쩔 수 없어. 너는 혼 좀 나야겠어."

이히가 검지를 놀려 이지혜를 가리켰다.

위이잉-!

이어 벌 떼가 움직이기 시작했다.

압도적인 물량. 이지혜의 스킬은 상극이어서 먹히지도 않았다.

푹!

결국 제대로 된 저항조차 하지 못한 채 킹비의 침이 몸에 침입하는 걸 허용하고 말았다. 옆구리에 기다란 침 하나가 꽂히자 정신이 아득해졌다.

'아……'

자연스럽게 눈이 감긴다.

이게 끝인가? 이대로 죽기는 억울하다. 하지만 시간을 되돌릴 수도 없는 노릇이었다. 이렇게 생생한 꿈은 꿔본 적이 없으니, 정말 잔인한 현실이라 아니할 수 없었다.

이지혜가 완전히 눈을 감았다.

그 순간 이히가 작게 중얼거렸다.

"그러고 보니까 이히가 뭔가 중요한 걸 잊고 있는 거 같아. 그게 뭘까?"

가만히 턱을 쓸면서 고민했지만 마땅히 떠오르는 게 없었다.

"에이~ 별거 아니겠지."

룰루루!

콧노래를 부른다. 긍정적인 측면에서 이히를 당할 자는 없

었다. 고민 따윈 아무래도 괜찮다는 듯 이히가 퇴장했다. 그
뒤를 수많은 킹비가 뒤따랐다.

Dungeon Hunter

이지혜가 눈을 떴다.

새하얀 천장. 처음 보는 광경이 펼쳐졌다.

'침대 위?'

포근한 감촉에 놀라 주변을 두리번거렸다. 바로 옆에서 유
은혜가 싱글벙글 웃고 있었다.

"언니, 일어났어?"

"은혜야……."

"뭘 그리 놀라? 걱정 마. 여기 천국이야."

천국? 이지혜가 입을 크게 벌렸다. 사지가 경직되고 숨이
가늘어졌던 기억을 끄집어냈다. 하기야 그런 상황에서 살아
남은 것 자체가 말이 안 된다.

"진짜 죽었구나."

"기분이 어때?"

"모르겠어. 그냥 멍해."

"조금씩 익숙해질 거야. 나도 처음에 눈떴을 땐 많이 당황
했다?"

"흐윽."

하지만 그다지 위로는 되지 않았다. 이지혜의 눈에서 닭똥 같은 눈물이 흘러나왔다. 그러자 도리어 당황한 건 유은혜였다.

"어, 언니?"

"미안해, 은혜야. 언니가 너를 지켜주지 못했어."

"노, 농담이야, 농담! 안 죽었어. 나 멀쩡해! 여기 천국도 아닌걸."

"뭐……?"

여전히 눈물을 흘리며 이지혜가 눈을 깜빡였다. 굉장히 죄지은 기분으로 유은혜는 재빨리 설명했다.

"드워프 마을이야. 드워프들이 우리를 구해줬대. 미안해, 언니. 이런 장난 한 번쯤 쳐 보고 싶었어. 용서해 줘."

"살아 있다고?"

"그래!"

유은혜는 크게 고개를 끄덕였다. 앞으로는 이 착한 언니를 놀리지 말아야겠다며 굳게 다짐도 했다.

쓱쓱.

이지혜가 눈물을 닦았다. 동시에 뺨을 꼬집어 보더니 휙! 고개를 돌려 유은혜에게 달려들었다.

"너…… 죽었어!"

"까하하! 미, 미안하다니까, 언니!"

열 개의 손가락이 유은혜의 옆구리를 공략하기 시작했다.

드워프 족장 스테인이 쓸쓸하게 웃었다.

"미안하오. 설마 그 악덕한 요정을 그대들이 만나게 되리라곤 생각도 못했소. 근처를 지나가던 형제가 발견했으니 망정이지 잘못했다간 천추의 한을 남길 뻔했소."

이곳은 장로의 집이었다.

대원들의 몸이 회복된 순간 한 번에 들이닥친 것이다.

이지혜가 격한 숨을 고르며 물었다.

"대체 그 요정은 뭐죠?"

"뭐긴 뭐겠소. 악덕하기 그지없는 요정이지. 간혹 한 번씩 나타나는데 우리도 매우 골치라오. 올 때마다 주변을 깽판쳐 놓고 가니 우리로서도 방법이 없소."

스테인은 이히에 대한 뒷담을 서슴없이 행했다.

"그런 위험이 있다면 미리 언질을 해줬어야 하는 거 아닌가요?"

"후…… 맞소. 위로가 될지는 모르겠지만 원하는 무구를 하나씩 드리리다. 흑와 10마리를 퇴치한 보상과 내 미안함이 더해졌다 생각해 주시오."

이지혜가 이마를 짚었다.

이런 식으로 따져 봤자 끝이 없음을 인지한 것이다. 그저 대원들 전부가 죽을 뻔했다는 사실에 화가 날 따름이었다.

하지만 족장도 예상하지 못한 상황이라지 않나. 화풀이를 해봤자 진전되는 건 없었다. 이쯤에서 한발 물러나는 게 자신의 역할일 것이었다.

"계산에 없었다니 어쩔 수 없군요. 좋아요. 저도 이런 식으로 관계가 파탄 나길 바라지는 않으니까."

"고맙소."

스테인이 근엄하게 미소 짓는 그 순간이었다.

『'스테인의 부탁' 퀘스트가 완료되었습니다.』

『퀘스트의 난이도를 측정합니다. 난이도는 '낮음'입니다.』

『최초로 마수가 내리는 퀘스트를 완료했습니다. 상태창에 칭호 '평등한 자(N, 힘+2)'가 추가됩니다.』

"칭호다!"

"맙소사, 내가 칭호를 얻다니……."

대원 모두가 몸을 들썩였다. 노멀 등급의 칭호라고는 하나 칭호 자체가 얼마나 얻기 어려운지 아는 탓이다.

돌발 퀘스트는 제법 진행이 됐지만 마수가 내려주는 퀘스트를 이행한 각성자는 없는 모양이었다. '최초' 업적을 한참 동안 지켜보던 이지혜를 향해 스테인이 말했다.

"무슨 일이 일어난 모양이구려. 그보다 슬슬 일어납시다. 우리의 보물 창고로 용사분들을 안내하겠소."

각자 원하는 무구를 하나씩 들고 데빌헌터 공격대는 던전을 내려왔다. 안전한 루트를 파악해 뒀기에 내려오는 일 자체는 어렵지 않았다. 다들 드디어 집에 간다는 생각에 지쳐하는 이가 없었다.

마침내 던전을 빠져나오자 이지혜가 말했다.

"병원 들러서 검진받는 거 잊지 마세요."

"우리 매니저님은 걱정도 많으셔~"

"은혜야, 농담 아니야."

"넵."

지은 죄가 있는지라 유은혜는 즉시 꼬리를 내렸다. 이어 던전 바깥에 세워둔 전용 버스에 올라탔다. 데빌헌터 공격대에게만 지급된 이 버스는 크기도 크기지만 방탄 차량이라 웬만한 충격에도 끄떡없었다. 데빌헌터 공격대의 트레이드마크인 반쪽짜리 해골이 새겨져 있어서 제대로 홍보도 되었다.

의자에 앉은 유은혜가 기지개를 켰다.

"아, 드디어 집에 가는구나."

"안전벨트 꼭 매."

"언니, 사실대로 말해. 엄마지? 우리 엄마가 둔갑한 거지?"

이지혜는 피식 웃고 말았다. 동시에 피로함이 몰려왔다. 몇몇 대원은 앉자마자 꾸벅대며 졸기 시작했다.

운전대에서 대기하던 전용 버스기사가 슬쩍 고개를 돌리더니 입을 열었다.

"고생 많으셨습니다. 다들 피로한 모양이군요."

가볍게 손을 든 이지혜가 힘겹게 답했다.

"기사님, 천천히 가주세요."

"예, 그러도록 하겠습니다."

운전기사가 액셀을 밟자 이지혜는 버스에 비치해 두었던 휴대전화를 들었다. 전원을 누르고 비밀번호를 입력하니 '부재중 메시지 26건'이라 적힌 문구가 눈에 들어왔다.

26건 중 24건이 천명회의 길드 마스터 김용우가 보낸 것이었다. 나머지 2건은 대출 문자였다.

—랜달프 공대장 기다려도 된다니까 왜 억지로 무리를 해서 들어가?

—던전 공략 진행 중이야? 후! 미치겠네. 나오는 즉시 연락해.

—진행 상황 어떻게 됐느냐고 문의가 빗발친다. 나오는 즉시 연락해.

문자의 내용은 대동소이했다.

답장을 치기도 귀찮다.

이지혜는 최대한 함축적인 단어만 골라서 적은 뒤 전송 버튼을 눌렀다.

—드워프, 퀘스트, 성공적. 그리고 졸림.

이어 휴대전화를 옆자리에 던져 버리곤 이지혜도 눈을 감 았다.

이히가 던전 코어에 등을 기대고 양손을 들어 올렸다.

"마스터, 이히가 잘못했어요. 겁만 줬어야 했는데 이히가 모르고 큰일을 벌였어요."

자진신고다. 딱히 아무런 말도 안 했음에도 이히가 벌 받 기를 자처한 것이다. 나는 가만히 이히를 바라봤다.

"그런데 마스터. 못생긴 계집애가 이히를 공격했어요. 이 히에게 실체가 있었다면 많이 아팠을 거예요."

"너는 실체가 없다. 그런 공격에 흥분할 필요가 없다는 뜻 이다."

"그건 그렇지만요……."

이히가 시무룩하며 고개를 푹 숙였다.

내가 바란 건 대원들에게 겁을 줘서 7층 이상으로 못 올라 가게 하는 것이었다.

8층부터 11층까지는 아무런 마수도 들이지 않은 상태였고 12층에 존재하는 '나가'는 중급 3Lv의 마수다. 파이록 한 마 리에도 쩔쩔매는 대원들이 집단생활을 하는 나가의 상대가 될 리 없었다.

단순히 겁만 줘서 오를 생각을 접게만 하면 되는 간단한 일.

이히는 더 나아가 대원들을 빈사 상태로 만들었다. 다른 이들은 몰라도 조금만 대처가 늦었다면 유은혜와 에드워드를 잃을 뻔했다. 킹비의 독은 20분 내에 제거하지 않으면 생환이 불가능하니 아찔한 순간이었다.

'조금 엄하게 할 필요가 있겠군.'

내가 지켜보는 와중에 진행이 된 터라 다행히 불상사가 일어나진 않았다. 하지만 내가 안 보고 있었다면 멋대로 폭주하여 사단을 냈을 게 뻔했다. 그간 너무 풀어준 게 원인일까?

"한동안 너의 권한을 회수하겠다."

"마, 마스터…… 이히가 잘못했어요. 다신 안 그럴게요."

이히가 기겁하며 눈물을 글썽였다.

하지만 턱도 없었다. 이번 기회로 말미암아 제대로 버릇을 들일 필요가 있을 듯싶었다.

"네가 만든 정원도 폐쇄하겠다. 그동안은 눈감아주고 있었지만 그것은 직무를 잘 수행하리라 믿어서 놔둔 것이다. 매번 이런 식으로 실수를 한다면 눈감아줄 이유가 없다."

"아, 안 돼요. 마스터. 그러면 꿀벌들이 다 죽어버릴 거예요. 이히가 매일 돌봐줘야 한단 말이에요."

이히의 표정은 절실했다. 그러나 이미 결정된 사안이다. 여기서 용서한다면 매번 실수를 반복할 것이었다.

몸을 돌려 15층으로 향했다. 근원의 세계수를 살펴보기 위함이었다.

"마스터! 제발요. 앞으로 이히가 열심히 할게요. 네?"

들리지 않는 메아리. 결국 최상층에는 이히만 홀로 남았다.

"마스터…… 히이잉…… 꺼윽! 흐이잉……."

손을 내릴 생각도 하지 못하고 이히가 구슬프게 눈물을 흘렸다.

Dungeon Hunter

[차원 게이트 오픈 중…… 13%]

[게이트 코드 강제 변경. 마계에서 지구로 강제 이동됩니다.]

[주천사 하쉬말 외 천사 2,000기…….]

[모든 플레이어에게 이벤트 메시지 송달 중…….]

Chapter 23
천사

Dungeon Hunter

근원의 나무를 체크하고, 던전의 내부 상황을 살피며 일본의 던전 또한 확인하려니 눈코 뜰 새 없는 나날이 이어졌다.

특히 일본 던전에 보물을 늘어놓은 게 효과가 있었는지 최근 포인트 수입이 늘어나는 중이었다.

한 달 평균 4만 정도에 달했던 것이 벌써 5만 5천으로 올라갔으니 가시적인 효과라고 할 수 있었다. 일확천금을 노리는 이는 일본에도 많았던 것이다.

일본 던전의 요정인 구요는 누군가가 시켜서 하기보다 혼자 열심히 하는 성격이었다.

포인트 허용량을 늘려주자 가장 먼저 '미로'를 만들었다. 벽을 세우고 여러 갈래의 길을 트니 보물을 숨겨두기가 훨씬 간단했다. 이히와는 분명히 다른 점이었다.

'여전히 고블린이 득세하는군.'

던전 내정을 통해 마수의 현황을 한눈에 파악했다. 고블린의 숫자만 여섯 자리를 넘겼고 변이체 발생 확률이 0.03%쯤되었다. 만 마리가 태어나면 그중 3마리는 변이체라는 것이다. 챔피언 고블린, 아크 고블린 등등으로 나뉘었는데 이통계는 제법 쓸모가 있을 듯싶었다.

근원의 나무가 제대로 효과를 발휘하기 시작하면 '샤벨 타이거'의 특이체 발생률이 어디까지 오를지 자못 기대가 되었다.

'샤벨 타이거의 상위종이 아직 없다는 게 아쉽지만.'

쯧!

작게 혀를 찼다.

고블린에 비해 샤벨 타이거는 숫자를 대폭 늘릴 수가 없었다. 비용도 비용이거니와 번식률 자체의 자릿수가 달랐다. 최하급의 고블린은 25포인트면 구입할 수 있는 반면에 샤벨타이거는 5,200포인트를 호가한다. 고블린은 한 번에 열 마리를 넘게 낳는 경우도 많았지만 샤벨 타이거는 기껏해야 한마리에서 대여섯 마리가 한계였다.

여러모로 시간이 더 걸릴 수밖에 없었다.

"500,000포인트를 더 투자하마. 바란다면 활용할 수 있도록 권한을 주겠다."

"정말요? 기쁘다구요!"

구요가 팔짝팔짝 뛰었다. 안 그래도 던전이 양도된 뒤 거의 관심을 못 받았는지라 구요도 조급함을 느끼고 있었다. 한데 오십만 포인트나 사용할 권한이 주어진다면 머릿속에만 있었던 일들을 진행할 수 있었다.

지나가는 투로 말했다.

"앞으로는 더욱 동등한 기회를 부여할 셈이다. 이히와 구요, 그리고 앞으로 늘어날 요정들에게도 똑같이 말이다."

"구요도 잘할 수 있다구요."

구요가 재빨리 고개를 끄덕였다.

이히에게 자잘한 실망을 많이 해서 그런지 지금 당장은 구요가 더욱 믿음직했다. 물론 순간의 판단보다는 긴 시간을 두고 지켜볼 작정이었다. 이히나 구요는 서로 장단점이 달랐으므로.

나는 눈을 빛냈다.

'힘을 더욱 키워야 한다.'

한 마족이 가지기엔 강대한 힘. 그러나 한 파벌을 상대하기엔 부족한 전력. 지금의 내 상황이 그랬다. 비축하고 단번에 터뜨리며 선두로 나서는 게 계획인 만큼 손실 없이 힘을 키울 필요가 있었다.

현재로선 순조롭기 그지없었다. 이대로 몇 년 만 더 있으면 모든 파벌이 무시하지 못할 군단이 완성될 것임은 자명했다.

나만의 군단이라!

상상만으로도 통쾌하다.

그렇기에 조금은 마음을 놓고 있었다.

지난 2년, 나를 위협할 적은 없었고 앞으로도 없으리라 은 연중 여기고 있었던 것이다. 하지만 하늘에 구멍이 뚫리고 '그들'이 내려오며 내 인식은 송두리째 뒤바뀌었다.

[특수 이벤트가 발동되었습니다.]

[이벤트, '천사 사냥'이 개시됩니다.]

[지구의 일곱 곳에 차원 게이트가 생성됩니다. 게이트를 통해 나타난 천사는 본능적으로 던전을 공격할 것입니다. 천사의 공격은 던전의 배리어와 상극의 속성을 가지고 있으므로 배리어가 무력화될 수 있습니다. 배리어가 부서지면 던전의 존재 자체가 위태로워지니 필히 주의하시길 바랍니다.]

[이벤트 보상은 다음과 같습니다.]

주천사 하쉬말 1人 - 5,000,000pt

역천사 3人 - 1,000,000pt

능천사 10人 - 300,000pt

권천사 50人 - 100,000pt

천사 1,850人 - 5,000pt

[보다 많은 천사를 사냥하십시오. 천사로부터 던전과 던전 코어를 지키십시오. 던전 코어가 천사에게 넘어가면 그 구역은 '신성대지'로 선포됩니다. 신성대지에선 모든 마족과 마수의 힘이 감소되는 반면 천사의 공능이 상승합니다.]

[그럼, 사용자의 건승을 기원합니다.]

느닷없이 떠오른 장문의 메시지 창. 동시에 하늘에 균열이 생기기 시작했다.

나조차도 깊게 당황할 수밖에 없었다.

'천사라고?'

표정이 와락 구겨진다. 주먹을 불끈 쥐었다. 입술이 바짝 말랐다.

균열이 일어난 곳은 한국의 하늘이었다. 지구에 나타난 일곱 곳 중 한 곳으로 선택된 것이다.

하지만 이상하다.

벌써부터 천사의 등장이라니, 무언가가 어긋났다. 게다가 차원 게이트가 한국에 나타난 것 역시 이해되지 않았다.

'앞으로 20년은 있어야 시작될 일이었을진대…….'

전생에서도 천사가 나타난 적은 있었다. 전쟁이 한창 무르익었을 무렵, 지구의 절반 이상이 황폐화되고 마족도 스물 안팎이 남았을 때였다.

거르고 걸러진 강자들. 휘하에도 쟁쟁한 마수가 즐비했다.

하여 차원 게이트를 열고 나타난 천사들도 아주 쉽게 격파할 수 있었다.

말 그대로 '보너스 이벤트'였던 셈.

30년 차에 대천사와 치천사가 하강하며 공작 두 명이 소멸하긴 했지만 그것도 한참 후의 일이었다. 무엇보다 한국에선 한 차례도 차원 게이트가 열린 적이 없다.

'달라졌다.'

무엇이?

미래가.

어째서?

'나…… 때문인가?'

여전히 굳은 표정은 풀릴 줄을 몰랐다. 그도 그럴 게, 고작 2년 차다.

작은 행동 하나가 미래에 큰 영향을 끼친다지만 내가 한 것이라 봤자 몇 가지가 되지도 않는다. 도저히 미래가 급변한 이유를 알 길이 없었다. 던전의 정상에 올라 가만히 하늘을 올려다봤다.

잠시 후 차원 게이트, 온갖 보석으로 치장된 압도적인 크기의 '천계의 문'이 열리며 무더기로 천사가 쏟아져 나왔다.

천계의 문이 열리며 나타난 천사들. 그 숫자만 기백에 달했다.

순백의 날개와 천사임을 상징하는 머리 위의 '빛나는 고리'가 존재감을 과시했다.

천사들은 하늘 위에서 주변을 두리번거렸다. 하지만 조금은 당황한 기색을 비치며 쉽사리 움직이려 들지 않았다. 마치 전혀 예상하지 못한 곳에 떨어진 듯 신중히 사방을 살피기 시작한 것이다.

천계의 문은 천사를 토해낸 뒤 감쪽같이 사라졌다.

"저게 뭐야?"

"천사?"

길을 가던 사람도, 일을 하던 사람도, 차를 모는 이도 모두가 하늘 위의 천사를 바라보고 있었다. 강렬한 빛을 쏘아내며 나타났는지라 관심이 집중되는 건 당연한 일이었다.

이내 몇몇 천사가 손을 들었다. 손 위로 은색의 구가 생성되었는데, 그 구에서 빛이 쏘아지며 거대한 포물선을 그렸다.

그 모습이 꼭 레이더 같았다. 그리고 실제로 레이더가 맞았다.

무언가를 탐지한 천사들이 대거 이동했다.

천사들이 향하는 방향은 북한산. 한국의 '던전'이 존재하는 곳이었다.

미간을 찌푸린다.

'어떡한다.'

천사의 무리에게서 느껴지는 강렬한 신성력. 제아무리 거리가 떨어졌대도 내가 포착하지 못할 리는 없었다.

나는 던전의 외벽에 올라 가만히 천사들이 다가오는 방향으로 시선을 던졌다.

'주천사 하쉬말.'

메시지 창에 떠올랐던 문구를 기억해 낸다.

하쉬말.

사품천사이며 신의 주권을 퍼뜨리는 자.

만만하게 볼 수 있는 천사가 아니다. 전생에서도 수많은 마족과 마수가 하쉬말에 의해 고통당했다. 그녀가 쏘아내는 강렬한 신성의 빛은 버틸 수 없을 정도로 눈부셨으며 순식간에 전투 불능의 천사를 '회복'시켜 전황을 여러 번 뒤집은 전적이 있었다.

그런데 이 거대한 하나의 신성력은 주천사 하쉬말이 분명했다.

일곱 개의 게이트 중 하필 한국에 떨어질 줄이야.

'싸워야 하는가?'

나의 던전을 공격하니 구경만 할 수는 없는 노릇이다.

하지만 문제는 '어느 선까지 보여주며 임할 것인가'였다.

주변국 던전의 주인들이 강렬한 신성력을 감지하고 찾아올 게 뻔한 상황이었다. 진정으로 위기가 되는 게 그것이다.

마족들은 내가 한국에 있다는 걸 모른다. 알면 가만히 놔둘 리가 없다. 우파라면 전력을 이끌고 쳐들어왔을 것이고 다른 대공이었다면 견제 혹은 압박을 시도했을 것이다.

아무도 모르는 위치는 내 절대적인 안전막이다.

지금 시점에서 들켰다간 성장하는 데 큰 제동이 걸린다. 전면전을 각오할 상황까지 몰릴지도 모르는 일이었다.

적어도 내가 나서거나 기간테스를 보일 순 없었다. 마계 옥션에서 이미 드러난 전력이기 때문이다. 크라스라나 크리슬리도 웬만해선 뒤에 있는 편이 안전할 것이었다. 그리핀도 마찬가지다. 최상급의 마수를 지녔다면 나를 떠올리거나 신흥강자로 여기고 견제할 가능성이 없지 않으니 숨기는 편이 좋긴 하였다.

'우선……'

3㎞ 안팎.

천사들이 던전과 떨어진 거리다.

'시간을 끈다.'

이미 일어난 일. 피할 수 없다면 모든 이가 극에 오를 때까지 기다린다.

일의 전후 사정은 모르겠지만 어쨌든 작은 판이 아니었다.

일발역전, 혹은 제대로 상승세를 탈 수도 있는 아주 큰 판이었다.

반대로 한 발자국 삐끗하면 나락으로 떨어질 가능성 역시 존재하는 명운을 건 한판승부였다.

그러니 나 혼자 진행할 순 없었다.

고개를 주억이며 자리에서 일어났다.

마법 주머니에서 정사각형의 철판 두 개를 꺼낸다. 아무런 특색도 없는 은색의 철판.

나는 손가락을 물어뜯어 피를 낸 후 그것을 두 개의 철판에 묻혔다.

지이잉―

동시에 은색 철판이 피를 흡수하며 빛나기 시작했다.

[자동 골렘 'M1', 'M2'가 기동됩니다.]

['M1', 'M2'는 수만 년 전 제조된, 마도의 정수가 집약된 최강의 골렘입니다. 마왕 '훔'의 숨결과 핏줄, 심장 등이 일부 이식되어 있습니다.]

철판이 펼쳐지며 이내 갑옷의 형상을 갖추기 시작했다. 은빛의 전신 갑주를 입은 기사 두 명이 곧 그 자리에 나타났다. 크기는 1m 80㎝. 나와 비슷한 크기의 랜스를 든 최강의 골렘이었다.

사실 외견은 일반적인 골렘과 거리가 멀지만 주인의 말을 그대로 충실히 따른다는 점에서 크게 다를 바는 없었다.

나태, 대지룡의 시체, 풍요의 여신상, 아스트랄 코드, 현자의 비약, 태양의 미소, 달의 눈물 외에 마계 옥션에서 건진 다섯 개의 물건 중 하나.

나는 자세한 스펙의 확인을 위해 심안을 열었다.

이름 : M1, M2

능력치 :

　힘 87

　지능 0

　민첩 86

　체력 84

　마력 57

　잠재력 (314/314)

특이사항 : 처음부터 완성된 존재. 더 이상 성장하지 않고 자아가
　　　　　필요 없기에 지능이 한없이 0에 수렴합니다. 하지만 주
　　　　　인의 명이라면 그게 무엇이든 수행하는 최강의 골렘입
　　　　　니다.

스킬 : 폭주(U)

오로지 육탄전에 특화된 전사. 신체적 능력치만 보자면 최상급 마수와도 맞먹는 불균형의 결정체였다. 항마력이 너무 낮아 스킬에 노출되면 피해가 크지만 어지간한 스킬이라면

여유롭게 피할 수 있으니 걱정은 없었다.

거기다가 폭주(U)는 유사시 적에게 한 방 먹일 수 있는 히든카드였다. 폭주를 쓰는 순간 골렘은 몸이 가루가 될 때까지 적을 유린할 것이었다.

여기서 끝날 리가 없었다.

주머니에서 약병 하나를 추가로 더 꺼냈다. '바람의 가루'라 불리는 이것은 마찬가지로 마계 옥션에서 구한 다섯 개의 물건 중 하나이며 쓸 만한 옵션을 가지고 있었다.

뿌리는 대상에게 그 양에 따라 '플라이(R)' 스킬을 부여하는 것이다.

이름처럼 날 수 있는 능력이다.

나는 바람의 가루를 주저 없이 골렘에게 듬뿍 뿌렸다. 학습하진 못하나 입력된 것이라면 명령에 따라 이용하는 게 M1과 M2다. 천사를 맞이하여 충분히 선전해 줄 터였다.

[천사의 공격이 시작되었습니다. 던전의 배리어에 피해가 누적됩니다.]

[레어 등급의 던전은 배리어의 내구도 또한 높습니다. 하지만 오랫동안 피해를 받는다면 결국 소멸을 맞이할 것입니다.]

[배리어 내구도 4,999,341/5,000,000]

[배리어 내구도 4,998,871/5,000,000]

[배리어 내구도 4,998,094/5,000,000]

쉴 새 없이 떠오르는 메시지 창.

던전 코어 위에 손을 얹힌 채 전신의 마력을 개방했다.

"중급 이상의 마수는 1층으로 집결하라."

언어는 발동어일 따름이다. 요는 내 의지를 전하는 것이
었다.

던전의 등급이 오르며 추가된 나의 권능이었다.

'주 전력은 숨긴다. 나머지 전력만으로 충분할지 모르겠으
나……'

오로지 천사만 쳐들어왔다면 아무런 문제가 되지 않는다.

문제는 주변국의 마족들이 한국으로 향할 것이라는 점.

나는 아직 준비가 덜되었다. 시간이 필요하다. 하여 주전
력을 보일 수가 없었다.

[배리어 내구도 4,996,099/5,000,000]

배리어의 내구도가 빠르게 줄어들고 있었다. 이대로 가만
히 있다간 길어야 이틀이다. 이틀 이내에 배리어가 너덜너덜
해질 것이다.

'해볼 수밖에.'

한 차례 주먹을 쥐었다 펴며 발걸음을 옮겼다.

사람들은 어리둥절할 수밖에 없었다. 하늘에 거대한 문이 난데없이 나타나더니 천사가 쏟아지고, 직후 던전으로 날아가 공격을 퍼붓기 시작한 것이다. 적어도 인간에게 적의가 없다는 건 틀림없어 보였지만 이후의 대책을 두고 설왕설래가 오갔다.

도와야 한다. 놔둬야 한다.

크게 두 갈래로 갈린 의견은 좀처럼 좁혀지지 않았다.

저것이 정말 자신들이 생각하는 '천사'라면 악의 축인 던전을 공격하는 건 당연했다. 하지만 이미 몬스터 웨이브로 너덜너덜해진 한국의 입장에선 섣불리 움직일 수도 없었다.

또다시 판단의 실수를 행한다면 그 뒤는 걷잡지 못할 것이다. 불 보듯 뻔한 암담한 미래가 펼쳐지리라.

이제 겨우 사회가 조금씩 안정되려는 찰나인데 천사의 등장으로 인해 다시금 한국은 혼란의 구렁텅이에 빠졌다.

"천사를 도웁시다. 저들은 신의 사자입니다."

"던전의 주인을 거역해선 안 돼. 저들이 실패하면? 그때는 정말 끝장이야. 고래 싸움에 새우 등 터진다는 말 몰라?"

"우리가 도우면 이길 수 있습니다. 이대로 가만히 있는 건 노예를 자처하겠다는 것과 다르지 않습니다!"

"아서. 우리가 도와봐야 얼마나 돕는다고?"

팽팽했다.

두 간극은 좁혀지긴커녕 갈수록 멀어져만 갔다. 그도 그럴

게, 몬스터 웨이브를 겪고 던전의 주인이 나서며 그녀를 숭상하는 무리마저 생겼을 정도다. 던전의 주인을 신격화하며 건드려선 안 될 존재로 규정했다. 그만큼 던전과 그곳의 주인이 주는 압박이 컸던 것이다.

천사가 나타났다고는 하나 이미 세상은 기적이나 신비로 가득했기에 가시적인 희망을 보여주지 않는 이상 쉽사리 움직이진 않을 것이었다.

물론 신의 사자임을 굳게 믿고 움직이는 자들이 아예 없진 않았다. 하지만 그들이 할 수 있는 일이라곤 무척이나 한정되어 있었다. 막말로 응원이 전부였다. 하지만 그조차도 다음 소식이 들려오며 소강상태에 접어들었다.

"중국, 필리핀, 미얀마, 인도, 파키스탄, 인도네시아에서…… 대규모의 마수가 접근 중입니다. 시민 여러분께서는 즉시 안전한 장소로 대피하여 주시기 바랍니다."

위이이잉-!

공습경보 사이렌이 울렸다. TV의 모든 채널이 긴급 뉴스로 편성되었고 하나같이 '위험'을 논하고 있었다.

특히 대규모 마수의 출현은 한국으로서도 아득한 것이었다. 각국에서 튀어나온 마수의 행렬이 위성을 통해 비쳐졌는데 그 숫자만 어림잡아 수만에 달했다.

마수의 행렬을 적당히 막아내는 국가가 있는 반면, 전혀 막지 못하는 국가도 있었다. 게다가 아주 작정을 했는지 강력하기 짝이 없는 마수가 다수 포진되어 있었다. 그들이 가는 곳이 어디인지 추산한 결과 모두가 한국을 향하고 있다는 결론을 내릴 수 있었다.

"끝이다……. 종말이야."

정체된 도로, 수많은 차가 얽히고설킨 그 중심부에서 라디오를 통해 소식을 전해 듣던 남자가 중얼거렸다. 이윽고 차문을 박차고 뛰쳐나와 공중을 올려다보았다.

수백 기의 와이번이 하늘을 날고 있었다.

용맹의 향초.

승리의 물방울.

열정의 구슬.

마계 옥션에서 구매한 다섯 개의 물품 중 나머지 셋이다. 대규모 접전을 염두에 두고 구입한 아이템으로 세 개의 시너지가 합쳐지면 오합지졸도 일당백의 용사가 될 수 있었다.

용맹의 향초는 향을 맡은 아군의 힘을 하루 동안 1 증가시켜 준다. 승리의 물방울은 물에 희석시켜 한 모금 마시면 하루 동안 민첩을, 열정의 구슬은 구슬을 본 아군의 체력을 하루 동안 1씩 올려주는 버프형 아이템이었다. 실력에 관계없이 누가 사용해도 효과가 나타나니 그 범용성도 뛰어나다 할 수 있었다.

향초나 물방울은 소모성이지만 이런 아이템들은 후반으로

흐를수록 값어치가 뛴다. 나중에는 포인트가 있어도 구매할 수 없다. 해서 보이는 즉시 품에 넣은 것이었다.

'이렇게 빨리 사용할 줄은 예상하지 못했지만…….'

던전의 1층.

중급 이상의 마수가 종류별로 정렬하여 있었다. 그 숫자만 어림잡아 천오백에 달했다.

주요 전력은 이러했다.

나가 70마리.

웨어 울프 83마리.

리자드맨 92마리.

다크 엘프 47명과 미노타우로스, 메머돈, 다크 베어가 각 각 40여 마리, 샤벨 타이거 563마리. 나머지는 트롤, 파이록, 리치, 4속성의 상급 골렘, 드워프와 소수의 변이체 등이 자리를 차지했다.

가만히 보아도 지상 특화 전력이다. 공중전은 거의 불가능한 상황. 그러나 천사가 하늘에서 외벽만 때리지는 않는다. 지상을 통해 던전 안으로 들어오는 천사의 부대가 곧 나타날 터.

그를 대비하기 위함이었다.

중급 미만의 마수는 천사에게 상대가 되지 않는 고로 전부 뒤로 빼놓았다. 이곳에 모인 천오백의 마수로 천사를 막고 혹시 모를 다른 마족들을 견제하는 게 주요 골자다.

'만약을 대비해 기간테스와 그리핀, 크라스라는 최상층에 놔둔다. 던전 코어만큼은 무조건 지켜야 하니까. 적은 천사만 있는 게 아니지.'

주변국에서 몰려올 마족과 마수.

놈들도 위험하다. 이만한 이벤트라면 대군을 이끌고 올 게 자명했다.

'하쉬말이 없었다면 빈 던전을 노려볼 법도 했겠지만……'

미간을 꾹꾹 누른다. 몇몇 마족은 필시 주요 전력을 대동한 채 나타날 것이다. 만약 한국에서 차원 게이트가 안 열렸거나 하다못해 주천사 하쉬말만 없었어도 기회를 노려 빈집을 털었을 터인데 지금 상황에선 그게 안 된다.

이 판은 내가 짠 판이 아니다.

모든 변수, 돌다리는 무조건 두드려 보고 건널 필요가 있었다. 여기서만큼은 나도 모험을 할 수가 없었다. 한국의 던전을 집중적으로 키웠으니 무슨 일이 있어도 지켜야 한다. 다른 건 몰라도 한국의 던전을 잃었다간 마왕이 되겠다는 내 꿈과 아주 멀어질 수밖에 없었다.

"크리슬리, 너의 책임이 막중하다."

"나의 던전 마스터시여, 걱정 마십시오. 약식에 불과하나 대지룡의 남은 시체로 용아병을 다수 만들었지 않습니까."

크리슬리가 한쪽 무릎을 꿇은 채 내게 말했다.

그녀는 언데드 제조(Ex U) 스킬을 가지고 있었다. 약간의 응용을 가하면 대지룡의 시체로 용아병을 만드는 것쯤은 우습다.

상급 1Lv의 마수 용아병 일곱 기가 그녀의 뒤로 정렬해 있었다. 지금 상황에선 든든하기 그지없는 원군이다.

"네가 할 일은 마수를 지휘하여 침입자를 격퇴하는 것이다. 그 점을 명심해라."

"명심, 또 명심하겠나이다."

그나마 크리슬리는 마족의 눈에 띄어도 의심받을 가능성이 낮았다. 처음 병을 지닌 채 철창 속에 갇혀 있던 그때와 지금의 외모는 엄청난 차이가 있었다. 반딧불이와 보름달 정도로 말이다. 게다가 지닌 마력의 질도 매우 높아졌다. 절대 같은 이라고는 생각하지 못할 것이다.

"한데…… 나의 던전 마스터시여. 외벽의 공격은 어찌 대비하실 작정이십니까?"

크리슬리가 슬쩍 고개를 들었다.

나는 가만히 던전의 입구 쪽을 바라보며 말했다.

"이용할 수 있는 건 전부 이용할 셈이다."

콰아앙!

콰아아앙!

빛의 폭발. 던전의 배리어가 위태롭게 흔들린다. 하쉬말이 손을 사선으로 긋자 하늘에서 번개처럼 빛의 천둥이 내리

쳤다. 빛의 천둥이 한 번 내리칠 때마다 반경 수 킬로미터 이내의 쫀재는 눈을 제대로 뜰 수 없었다.

이어 하쉬말의 등에서 여섯 개의 날개가 활짝 펼쳐졌다. 그 자태를 보는 것만으로도 황홀하기 그지없다. 멀찌감치 떨어져 있어도 하쉬말의 존재감은 여실히 느껴졌다.

즉시 날개에서 강렬한 신성력이 뻗어 나가 주변의 천사들을 포근하게 감쌌다. 급속도로 체력이 회복되며 천사들의 공격이 더욱 매서워졌다.

하쉬말은 공격을 멈추고 주변을 돌아보았다.

빛의 창을 든 역천사 한 명과 능천사 셋.

빛의 활을 든 권천사 여덟과 각각의 무기를 든 천사 400여 명.

하나의 던전을 공략하는 것치곤 터무니없는 군세. 하지만 무언가 마음에 안 든다는 듯 하쉬말이 살짝 미간을 찌푸렸다.

넋을 놓고 볼 정도로 아름다운 미모이나 차갑기 그지없는 표정으로 하쉬말이 손을 들었다. 그러자 천사 이백과 권천사 네 명이 하늘에서 내려와 던전의 입구로 들어갔다.

외벽과 내부를 동시에 치려는 작정이다.

샤-!

키에엑-!

던전에 들어가고 얼마 지나지 않아 마수들의 비명 소리가 울려 퍼졌다. 천사들은 무자비했다. 한없이 잔인하게 빛의 무기를 놀려 마수를 일도양단했다.

　내부로 들어간 병력은 저 정도면 충분할 듯싶었다. 그렇게 하쉬말이 막 외벽의 공격을 재개하려는 찰나였다.

　푹!

　검은색 침 하나가 하쉬말의 몸에 틀어박혔다. 강한 맹독을 지닌 듯 몸으로 빠르게 독이 퍼져 나가자 하쉬말은 날개를 더욱 활짝 펼쳐 순식간에 독을 정화시켰다. 내용물이 비어버린 침을 빼내어 바닥에 내던진 뒤 고개를 돌려 공격을 감행한 이를 바라봤다.

　"빌어먹을 천족들! 가만히 목을 내놓지 못할까!"

　수백 기의 와이번. 그중 한 마리에 올라탄 마족이 껄껄 웃었다.

　하쉬말은 조용히 성호를 그었다. 그러자 허공에서 환한 빛이 쏟아지며 수백 개의 창이 생성되었다. 하나하나가 치명타로 이어질 강렬하기 짝이 없는 빛의 창!

　마족의 표정이 단번에 똥 씹은 것처럼 구겨졌다.

　"망할. 산개하라!"

　와이번을 끌고 온 마족을 필두로 수천 마리의 투명 벌레, 수백의 밴쉬와 비홀더, 수십의 다크 워리어, 데스 나이트 등등의 쟁쟁한 마수가 나타났다. 그러한 마수를 끌고 온 마족의 숫자가 무려 열셋에 달했다.

열셋. 한국이라는 좁은 땅덩어리에 나타난 숫자치곤 무척이나 많다. 그나마 다행인 점이라면 그들이 노리는 게 오로지 하쉬말과 천사들뿐이었다. 하나 하쉬말과 천사들이 사냥을 당한 직후 배를 덜 채운 마족이 무슨 짓을 저지를지는 아무도 모르는 일이었다.

"델라트! 오쿨루스의 휘하 마족들은 엉덩이가 무겁기로 유명한데 용케 여기까지 납시었군!"

"닥쳐라, 아나스타샤. 아직도 판데모니엄의 애첩 노릇을 하는지는 모르겠다만, 네년이 말을 할 때마다 지독한 정액 냄새가 풍기는구나."

"뭐? 이 개자식이!"

수많은 마족이 모인만큼 파벌 또한 다양했다. 그들은 빠르게 자신의 파벌로 모여들어 서로의 힘을 과시했다. 그 중심부에 하쉬말과 천사들이 있었다.

촤앙! 촤아앙!

하쉬말은 연달아 빛의 창을 날렸다. 그 가공할 위력에 마족들도 혀를 내둘렀다.

"과연 빛을 나르는 사품의 천족답군."

"네놈들과 말다툼할 시간이 아깝다."

하지만 그 눈에는 탐욕이 넘쳐흘렀다. 천사가 아무리 강해봤자 숫자가 너무 적다. 대량의 포인트를 한 번에 얻을 기회. 이를 놓칠쏘냐.

마족들이 마수들을 앞세워 천족을 공략하기 시작했다. 하쉬말의 공격에 백 이상의 마수가 증발했지만 그럼에도 좀처럼 마수는 줄어들지 않았다.

이에 천사들은 마수를 배재한 채 '마족'에게 공격을 감행하였다. 팔이 잘리고 다리가 날아가고, 심지어 얼굴의 반쪽이 박살 나도 하쉬말의 권능으로 단번에 회복되었다. 죽음을 불사하며 심지어 죽지도 않으며 다가오는 천사는 마족들에게도 경악스러운 존재였다.

게다가 마족의 적은 마족이었다. 서로 뒤치기를 당하지 않을까 우려하며 주력은 주변에 남겨둔 것이다. 어중간한 마수만 수없이 죽어 나갈 따름이었다.

꽝!

"천사님을 지켜라!"

"하늘의 사자를 돕자!"

오로지 천사와 마족만 견제하던 중 예상하지 못한 공격이 마수들에게 퍼부어졌다. 이에 마족들이 고개를 돌려 상대를 확인했다.

"인간 버러지들이 겁을 상실했군."

해골 가면을 착용한 수백의 각성자 무리가 나타난 것이다.

데빌헌터의 증표. 하지만 모든 각성자가 착용하니 느낌이 색다르긴 하였다.

그러나 마족들은 피식 웃고 말았다.

벌레. 그 이상도 이하도 아닌 것들. 지렁이도 밟으면 꿈틀하듯 인간의 군대는 제법 격하게 저항했지만 그게 전부다. 밟고자 하면 충분히 밟을 수 있었다. 저항하지 못할 격차로 끝장을 내고자 시기를 보고 있을 뿐.

오히려 저 모임은 포인트 다발로밖에 보이지 않았다. 마족들의 눈에 가소로움이 번졌다.

Dungeon Hunter

수 시간 전.

던전의 최상층에서 만물상점이 작동하지 않는다는 걸 깨닫고 나는 깊은 고민에 빠졌다.

[차원 게이트의 출현으로 던전 코어의 기능이 제약됩니다. 만물상점을 불러올 수 없습니다.]

이와 같은 메시지 창만 주구장창 뜰 뿐이었다.

'불친절하기 짝이 없는 시스템이군.'

시간만 버렸다. 이벤트를 알려줄 때 함께 공지했다면 한결 나았을 테지만 시스템의 친절 부분에 관해선 이미 낙관해 버린 뒤였다. 전생에서 천사가 등장한 건 던전을 잃고 한참이 지나서였다. 당연히 만물상점의 이용 여부를 내가 알 길이 없었다.

아무리 포인트가 많아봤자 허사. 이래서 많은 마족이 천사에 의해 고통을 당한 건가 생각하니 납득은 되었다. 미리 대비하지 않으면 당할 수밖에 없다.

엎친 데 덮친 격이다. 그러나 당황하고만 있는 수는 없는 노릇이었다. 빠르게 마수들을 소집시키고 나는 홀로 던전을 빠져나갔다.

직후 들른 곳은 길드 천명회.

오랜만에 모습을 비치자 시선이 몰렸지만 개의치 않았다. 2층에 올라 데빌헌터에게 주어진 룸의 문을 열었다. 동시에 보이는 광경. 커다란 TV를 중심에 두고 모든 대원이 대기 중이었다.

"어? 공대장님!"

가장 먼저 유은혜가 눈치를 채곤 달려왔다. 그 뒤에 에드워드가 빈대처럼 딱 붙어 있었다. 다른 대원들도 빠르게 다가와 고개를 숙였다.

"어디 갔다가 오셨…… 아니, 이젠 별로 궁금하지도 않네요."

이지혜가 푹 한숨을 내쉬었다. 내가 없을 때 공격대를 이끈 존재가 그녀였다. 눈 밑에 진 그늘이 그간의 고생을 알려주고 있었다.

"가면의 재고가 얼마나 남았지?"

"해골 가면요? 옆에 있는 성은 유 씨요, 이름은 은혜라는 처자가 500개쯤 주문하는 바람에 창고에 그득~ 쌓여 있죠."

"두고 봐. 나중에는 분명 가면이 부족해질 테니깐."

유은혜가 입술을 쭉 내밀고 항명했다.

그나저나 500개라.

고개를 주억이며 입을 열었다.

"가면을 모두 꺼내라."

이지혜가 의아한 듯 물었다.

"어디다가 쓰시려고요?"

"천사를 돕는다. 우리만으로는 부족하니 당장 모든 웹, 길드에 요청하여 데빌헌터 공격대의 이름을 달고 사람을 모으도록. 내 이름을 사용해도 좋다. 가면은 지원을 오는 이들이 착용할 것이다."

"일반 각성자라면 몰라도 길드는 반발할 거예요."

검은색 해골 가면은 데빌헌터 공격대의 상징이다. 다른 길드들이 그것을 착용하고 활동할지는 미지수였다.

"그러니 사전에 공지해야겠지. 시간이 없다."

"대규모 마수가 출현 중이라는데…… 괜찮을까요?"

"우리가 괜찮지 않으면 누구도 괜찮을 수 없다."

짧게 답했다.

하지만 충분했다.

데빌헌터는 이미 세계적인 레벨의, 한국을 대표하는 최강의 공격대다. 대원들 역시 그에 대한 자부심으로 똘똘 뭉쳐 있었다. 1인 공격대라는 오명을 벗고자 솔선수범한 것만 보아도 알 수 있는 부분이다.

"알겠어요. 길드 마스터를 협박해서 빠르게 움직여 보죠."

이지혜가 긴장한 듯 입술을 핥았다. 섣불리 결정을 내리지 못하고 있었으나 나의 출현으로 마음이 굳은 듯싶었다.

데빌헌터 공격대장의 이름과 길드 마스터 김용우의 도움이 있다면 그다지 어렵지 않은 일이었다.

"3시간 이내에 돌아오겠다."

내가 몸을 돌려 걸어 나가자 이지혜가 급히 외쳤다.

"예……? 자, 잠깐만요! 공대장님, 정말 3시간 이내에 돌아오는 거죠?"

경북 울진.

강남을 벗어나 다음으로 발을 들인 곳이었다. 바람의 가루를 이용해 공중을 날아 불과 30분 만에 다다를 수 있었다. 높은 마력과 민첩 능력치 덕분이다.

'제대로 찾아왔군.'

공중에서 천천히 내려왔다.

나는 현재 안개형 마수 '쉐이드'를 대동하고 있었다. 마치 온몸에서 먹구름이 쏟아지는 것만 같은 모양새. 외견상으로는 절대로 나를 알아볼 수 없다.

주변을 살피자 둥그런 모양의 건축물이 곳곳에 놓여 있

었다. 인간들이 원자력 발전소라 부르는 것이었다. 막대한
에너지의 집합체. 어마어마한 전력을 손에 넣을 수 있는 장
소. 다른 건 몰라도 인간의 이러한 기술 하나는 인정해 줄 만
하였다.

두꺼운 시멘트벽에 손을 얹으니 그 안에서 용솟음치는 기
운이 느껴졌다. 인위적이지만 제법 맛있어 보이는 성질이다.
특히 아주 밑바닥에 존재하는 원천은 절로 군침이 돌았다.
뇌신 또한 그것을 느꼈는지 활발하게 움직이기 시작했다.

'원래대로라면 몇 년 뒤에나 손을 댈 생각이었지만, 어쩔
수 없지.'

이곳 한국은 원자력 발전소에 상당 부분 기댄 채 생활하고
있었다. 당장 발전소가 사라지면 죽어 나갈 인간이 너무
많다. 물론 인간들이 얼마나 죽어 나가든 딱히 상관은 없지
만 문제는 각성자의 성장이 느려질 것이라는 점이었다.

하여 나중에나 먹어치울 작정이었다. 앞으로 3년 정도만
더 지나면 인간들은 마수의 코어로 '신에너지'를 만들어낸다.
굳이 원자력 발전소에 기대지 않아도 살아갈 수 있는 원동
력.

나로선 그런 가치 없는 것으로 이만한 에너지를 대체할 수
있다는 게 퍽 신기할 따름이다. 코어는 던전에서 마수를 죽
이면 얻을 수 있는 것인데, 던전의 마력의 흐름과 연관이 있
지 않을는지 예상만 하고 있었다. 던전 바깥에서 마수를 죽

이면 코어가 나오지 않으니 그 외엔 딱히 짐작되는 게 없었다.

하지만 그런 마수의 코어는 마족에게 있어서 쓰레기에 불과하다. 한때 연구를 진행하던 마족도 있었던 것 같지만 포인트만 대량으로 날렸다.

하여튼 원자력 발전소를 찾은 건 본래 예정에는 없었던 일이라는 것이다.

사건이 사건이니 별수 있겠는가.

"뇌신, 먹어치워라."

말이 끝나기 무섭게 뇌신이 튀어나왔다. 순식간에 발전소 안으로 몸을 날렸다. 발전되고 있는 전력은 관심이 없다는 듯, 오로지 '원천'을 향해 달려 나갔다. 거대하기 짝이 없는 입을 크게 벌린 뇌신은 단번에 원천을 먹어치웠다.

이내 메시지 창 하나가 떠올랐다.

['뇌신'이 막대한 전력을 품었습니다. 전력량 '1GW'가 추가됩니다.]

살짝 눈썹을 찌푸렸다.

'효율이 좋지는 않다.'

1기가와트. 뇌신이 딱 1분 더 활동할 수 있는 전력량이다. 외부의 것을 소화하는 일이라서 그런지 최악의 효율을 달리고 있었다. 하지만 없는 것보단 나았다.

게다가 주변에는 아직 몇 개의 발전소가 남아 있있다. 경북 울진에 자리 잡은 원자력 발전소를 차례차례 들른다면 조금 더 전력량이 상승할 것이었다.

입맛을 다시며 발걸음을 재촉했다.

두 시간 동안 일곱 곳의 발전소를 탐문한 결과 내 전력량은 기존 '16GW'에서 '21GW'로 상승하였다. 원전을 먹어치울 때마다 효율이 낮아져서 기대보단 낮은 수치였지만 그럭저럭 보탬은 되었다. 그리고 마지막 발전소를 탐하던 순간에 아래와 같은 업적이 떠올랐다.

[쏠쏠한 업적! 국가 기반 시설을 다수 파괴하였습니다. 이제 한국은 심각한 전력난에 시달릴 것입니다.]
[300,000pt가 주어집니다.]

가만히 고개를 주억였다.

처음 뇌신공을 연마할 당시부터 예상하고 있었던 업적이다.

포인트를 얻어봤자 당장 쓸데가 없다는 게 아쉽긴 했지만. 이번 위기만 잘 넘기면 이 역시 내가 우위를 점하는 데 도움을 줄 것이다.

'21분이라.'

뇌신이 활동 가능한 시간.

필요할 때만 불러내면 시간이야 더 늘기는 하겠지만 그래도 오래 사용할 순 없었다. 다른 발전소를 더 탐한다고 해도 가파른 전력량의 상승을 기대하긴 어렵다. 이쯤에서 슬슬 돌아갈 필요가 있었다. 던전 배리어의 내구도는 지금도 꾸준히 깎여 나가고 있을 것이므로.

'뇌신만 가지고는 조금 힘들 수도 있겠군.'

나 자신을 드러내지 않고 싸우는 방법은 뇌신을 이용한 타격밖에 없었다. 만에 하나를 위해 위장 전술을 펼친대도 본격적으로 나선다면 발견될 가능성이 무척 높은 탓이다.

그래도 어쩌겠나.

현재로선 이 정도가 최선이다.

짧게 침음을 삼키며 다시 공중으로 떠올랐다.

Dungeon Hunter

나는 가만히 하쉬말을 올려다보았다. 순백의 날개, 위엄과 품격이 넘치는 자태, 흠잡을 곳 없이 아름다운 외견의 소유자. 하지만 그녀는 사품의 주천사이며 빛을 나르는 '전도자'다.

전생의 하쉬말은 여간 까다로운 게 아니었다. 지금보다 훨씬 많은 천사를 끌고 와 무려 1년 6개월간 마족을 괴롭힌 장

본인이었다. 다른 건 둘째 치고 그 가공할 회복력만큼은 지금 생각해도 아찔하기 그지없다.

결국 대공 아리엘의 전면 특허 스킬 '어비스 소드'에 두 동강이 나긴 했지만 그전까지 치러진 격전에 대부분의 마족이 씻지 못할 피해를 입었다.

'피부가 저릿해.'

당시의 나는 그 격전지에 들어가지 못했다. 그저 멀리서 마족과 하쉬말이 싸우는 걸 지켜보는 게 전부였다. 내 딴에는 그들의 재량을 파악하고 최후에 검을 들이밀겠다는 판단이었으나⋯⋯. 지금 돌아보건대 결국 변명이 아니었을지.

하나 이 순간, 나는 전혀 다른 입장에서 하쉬말을 바라보고 있었다.

소름이 돋는다. 피부가 저릿할 수준의 신성력이라니!

즉시 주먹을 불끈 쥐고선 심안을 열었다.

이름 : 하쉬말

직업 : 주천사

칭호 :

  *빛을 나르는 자(Epic, 지능 마력+6)

능력치 :

  힘 89

  지능 87(+6)

민첩 87

체력 83

마력 92(+6)

잠재력 (438+12/471)

특이사항 : 세상에 빛을 전파하는 사품의 천사입니다.

스킬 : 빛의 전파(Epic), 수없이 쇄도하는 빛의 창(Epic), 빛의 우레

(Epic)

[상대 비교]

하쉬말

힘 89 지 93 민 87 체 83 마 98 잠재력 (438+12/471)

랜달프 브뤼시엘

힘 93 지 77 민 88 체 86 마 96 잠재력 (392+48/500)

용맹의 향초, 승리의 물방울, 열정의 구슬로 말미암아 보
조 능력치가 +3이 된 상태임에도 불구하고 능력치 총합에서
하쉬말에게 밀리고 있었다.

능력치 총합 450.

혼자서는 아무리 강해봤자 한계가 있다지만 현시점에서
균형 붕괴자라는 말이 딱 어울리는 존재다. 하물며 에픽 등
급의 스킬이 무려 세 개였다. 500만 포인트를 지급하는 데에
는 다 이유가 있는 법이었다.

'마족들이 불쌍해 보이긴 또 처음이군.'

이곳에 모인 마수의 숫자만 거의 일만에 달했다. 어중간한 마수도 많았지만 하쉬말 하나를 상대하는 데 대부분의 마수가 소진되지 않을까 싶었다.

그럼에도 마족의 진영이 승리하긴 할 터였다. 하쉬말을 보조하는 천사의 숫자가 턱없이 적었다. 단지 누가 더 많은 피해를 입느냐의 기로일 따름이었다.

약세를 보인다면 하쉬말을 처리한 그다음이 문제가 되는 탓이다.

"천사님을 지켜라!"

"하늘의 사자를 돕자!"

우르르 몰려든 각성자의 숫자가 500이었다. 능력치 자체는 볼품없다지만 지금 상황에선 충분히 어느 한쪽에 힘을 실어줄 수 있는 숫자다.

하쉬말과 마족의 아슬아슬한 줄타기에 느닷없이 훼방꾼이 등장한 셈.

"공대장님, 흩어지면 분간이 잘 안 되겠는데요!"

유은혜가 앓는 소리를 냈다. 기세 좋게 등장하긴 했지만 해골 가면을 쓴 사람이 500에 달하니 분간을 할 수가 없었다.

"너희는 내 곁을 벗어나지 마라. 다가오는 마수만 처리한다."

다른 이들은 몰라도 나는 크게 움직일 생각이 없었다.

내 의도는 오로지 하나.

각성자들 틈바구니에 숨어서 본래의 목적을 이루는 것이다.

최대한 마력을 억제한다. 누구도 나를 알아차릴 수 없게끔. 다른 모든 걸 봉인한 채 오로지 전력 하나만 남겨둔다.

"숯덩이로 만들어라, 뇌신."

치이이익—!

튀어나온 뇌신이 물었다.

누구를?

가만히 손가락을 뻗었다.

캬오오오오!

뇌신이 괴성을 내지르며 마족과 마수를 향해 달려들기 시작했다.

Chapter 24
아수라장

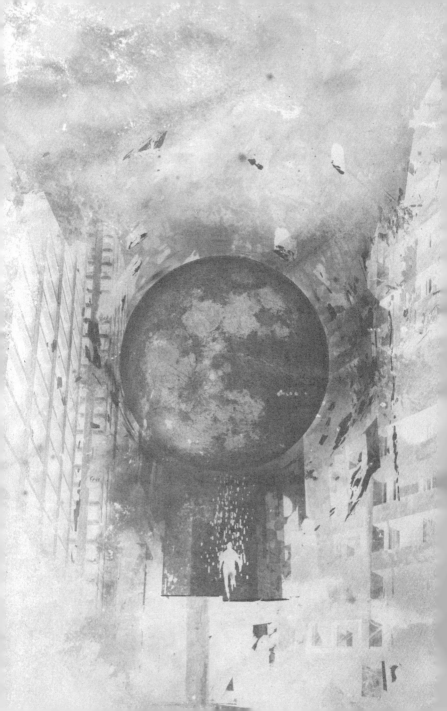

Dungeon Hunter

투명 벌레.

태양빛을 받으면 자동으로 투명해지는 중급 1Lv의 마수.

어린아이만 한 크기인 데다가 개체 하나하나는 그리 강하다고 할 수 없지만 그 숫자가 수천이 넘어간다면 이야기가 달라진다.

날개를 진동시켜 적을 혼란에 빠뜨린다. 그리고 마치 피라냐처럼 떼거리로 달려들어 물어뜯는데, 수천 쌍의 날개에서 만들어진 진동이 뇌를 진탕으로 만들어서 정작 뜯어 먹히는 당사자는 크게 고통을 느끼지 못한다고 전해진다.

천에 달하는 투명 벌레가 지금, 각성자들을 노리며 다가오고 있었다.

"전뢰!"

쿵!

유은혜가 손가락을 펼쳐 총을 쏘는 듯한 자세를 취하자 불꽃이 튀기더니 사방으로 전기가 퍼져 나갔다. 라이트닝 볼트의 등급이 오르며 나타난 레어 등급의 스킬이었다.

투명한 상태에서 슬금슬금 다가오던 벌레 다수가 이 충격에 휩쓸려 나갔다. 제아무리 투명 벌레라고 해도 뛰어난 오감을 지닌 각성자마저 속일 수는 없었다.

"물의 장벽!"

이어 이지혜가 폭 5m, 높이 2m 크기의 장벽을 세웠다.

전번 던전에서 킹비에게 굴욕을 겪고 새롭게 익힌 스킬이었다. 투명 벌레의 날개에서 쏘아지는 진동을 막아주는 역할을 했다.

이곳에 모인 각성자는 나름 수준이 괜찮은 편이었다. 투명 벌레는 중급 마수 중에서도 가장 약한 축에 속했으므로 충분히 상대할 수 있었다.

"공대장님, 우리가 낄 자리가 없어 보이는데요?"

근처의 투명 벌레를 쓸어버린 유은혜가 이마의 구슬땀을 훔치며 말했다.

그 근처에선 에드워드가 싱글벙글 웃고 있었다.

'괜찮군.'

둘을 바라보며 고개를 주억였다.

에드워드와 유은혜의 조합은 훌륭하기 그지없었다. 둘이

서만 벌써 투명 벌레를 10마리 가까이 처리한 것이다.

미래의 10강과 그에 준하는 여인의 만남. 이 둘이 어찌 성장할지 지켜보는 것도 꽤 재미가 있을 듯했다.

"공대장님?"

유은혜가 눈을 깜빡였다.

그제야 나는 대수롭지 않은 태도로 답했다.

"이 싸움은 장기전이 될 가능성이 농후하다. 우리는 우리가 할 수 있는 걸 조금씩 해나가면 된다."

"후! 솔직히 죽지나 않으면 다행일 것 같지만요. 그나저나 저 날개 여섯 개 달린 천사는 진짜 어마무시하네요. 마수가 불쌍해 보이긴 처음이에요."

천족과 마족의 싸움.

보는 것만으로도 압도당할 광경이 이어지고 있었다. 특히 하쉬말이 압권이었다. 수백 가닥의 창을 연이어 날려 마수들을 처리하는 게 꼭 코끼리가 개미를 밟아 죽이는 것 같았다.

마족들도 처음에는 하쉬말을 처리하는 쪽으로 가려 했지만 현재는 노선을 바꿔 주변의 천사만 집중적으로 공략하는 중이었다.

아무리 초회복을 시킨대도 사지가 절단되고 심장과 뇌가 완전하게 파괴되면 복구가 불가능하다. 주변의 천사를 모두 정리한 뒤 하쉬말을 처리할 생각일 것이다.

그리고 나는 뇌신을 이용해 마수와 마족의 진열을 흩뜨려

놓는다. 실제로 뇌신은 마수들의 사이를 오가며 닥치는 대로 주변을 먹어치우고 있었다.

이대로 가면 천사의 패배가 뻔하다. 그러나 그런 뻔한 상황을 나는 바라지 않는다.

양패구상. 서로가 괴멸적인 타격을 입길 진심으로 소망하고 있었다.

마족들도 난데없이 나타난 뇌신에 당황한 모습이다. 곧 뇌신이 스킬이라는 걸 깨닫고 시전자를 찾고자 눈을 굴렸지만 마족이나 천족 외에는 짚이는 이가 없었다.

아예 각성자들은 염두에도 두지 않았다. 설마 인간 따위가 저런 스킬을 부리리라곤 상상도 못하고 있을 테지. 물론 내가 인간인 건 아니었지만 저 방심은 필시 화를 불러올 것이었다.

'돌아와라, 뇌신.'

이쯤이면 되었다. 뇌신이 활동한 시간은 고작 5분 남짓이었지만 천사들에게 반격의 틈 정도는 만들어주었다. 자연적으로 회복되는 전력량은 무척이나 적은 바, 앞으로 뇌신은 필요할 때에만 꺼낼 작정이었다.

거대한 용의 형상이던 뇌신이 거짓말처럼 사라졌다. 그리고 어느새 내 몸 안에 똬리를 틀고 다음 출현을 기다리고 있었다.

'M1, M2. 기동하라.'

그 순간.

지이잉—

던전의 외벽에서 대기하던 자동 골렘 M1과 M2의 눈에 붉은빛이 들어왔다.

M1과 M2가 하는 일은 간단했다.

골렘 자신과 던전의 배리어를 공격하는 자만 자동으로 격퇴하게끔 명령을 내렸다.

하늘을 노니는 두 은빛 갑주의 골렘은 상당한 파괴력을 선보였다. 신체적 능력치만 따지자면 최상급 마수에 버금가는 강자다. 하쉬말이 직접 신경을 쓰지 않는 한, 일반 천사들로 두 골렘을 처리할 수는 없었다.

쉬이익!

하지만 천사들도 호락호락하진 않았다. 방진을 짜고 체계적으로 M1과 M2를 노렸다. 활을 든 권천사가 시위를 당길 때마다 거센 바람이 휘몰아쳤다. 천사들의 무기는 신성력으로 이루어져 있어서 항마력이 낮은 두 골렘으로선 매우 위협적이었다.

하나 맞지 않으면 소용이 없다. 골렘의 싸움 방식은 간단했다. 피한 후 접근하여 천사의 날개를 양손으로 붙잡는다. 그리고 우악스럽게 뜯어버린다.

"아아악!"

천사의 날개는 신성력의 집합체다.

회복하려면 아주 긴 시간이 길린다. 초회복도 먹히지 않는다. 날개를 잃은 천사는 바닥으로 떨어져 온갖 마수의 먹이가 되었다.

"……."

하쉬말이 한쪽 손으로 성호를 그리며 다른 쪽 손으로 원을 그렸다. 그러자 천사들이 외벽의 포화를 멈췄다. M1과 M2에게서 급히 떨어졌다.

침착하고 훌륭한 판단이다. 다수의 적을 상대하면서도 M1과 M2가 움직이는 원리를 정확히 꿰뚫어 보았다. 놀랄 만한 집중력이라 아니할 수 없다.

M1과 M2는 정확히 명령받은 일만 수행한다. 자신을 노리거나 배리어를 공격하는 이가 없으니 기동을 잠시 중단하였다.

하쉬말은 M1과 M2가 기동을 멈추자 그쪽으로의 신경을 완전히 접었다.

콰콰콰쾅!

곧, 빛의 우레가 사방을 잠식했다.

"멍청한 놈들. 누가 보면 천족을 처음 상대하는 줄 알겠군."

사만이 비릿하게 웃었다.

백작 사만. 대공 우파의 휘하 마족인 그는 천사를 사냥하고자 이번 전장에 참여했다.

"뻔히 태양이 떠 있는 지금 천족을 공격해 봤자 아무런 이득이 없거늘…… 쯧쯧쯧."

태양은 천족의 공능을 상승시킨다. 마족이라면 모를 수가 없는 상식이다. 그럼에도 무작정 부딪치는 건 자신감도 자신감이지만 이 이벤트의 성향이 쟁탈전이기 때문이다. 다른 마족이 가져갈 수도 있다는 압박이 행동을 서두르게 만드는 것이다.

하지만 사만은 조급해하지 않았다. 정석대로 태양이 지면 움직일 셈이었다. 뒷짐을 진 채 슬쩍 고개를 돌려 데려온 마수들을 바라봤다.

사만은 다른 마족과 달리 많은 마수를 대동하지 않았다.

버그 베어, 뱀파이어, 웨어 울프 킹!

고작 세 마리. 하나, 어중간한 마수보다 천배는 든든했다.

달이 떴을 때 더욱 강한 힘을 발휘하는 마수들로서 천족의 천적이라 할 수 있었다.

"이제 해가 진다. 나의 세상이 온다. 흐흐흐!"

사만이 하쉬말을 바라보며 입술을 훑었다.

태양이 졌다.

세상은 어둠에 잠겼다. 아니, 한국 전체가 어둠 속에 있었다.

한 치 앞도 분간이 되지 않는 깊고 깊은 밤.

천사들의 날개에서 주변을 밝히는 찬란한 빛이 뿜어진다. 하지만 그 숫자가 적다. 던전 안으로 들여보낸 200을 제외하면 고작 130가량이 남았을 따름이다.

반면 마수는 어떤가. 아직도 많다. 칠천을 넘긴다. 대략 삼천 마리가 반나절 사이에 증발했으나 기세는 전혀 수그러들지 않았다.

하쉬말도 조금은 지친 기색이다. 표정의 변화는 없었지만 태양이 떴을 때처럼 마구잡이로 빛의 창을 날리진 못했다. 혼자서 천 마리 이상의 마수를 몰살했으니 당연한 결과였다.

백작 사만과 세 마리의 마수가 움직이기 시작했다.

버그 베어는 온몸이 새까만 키메라 종류의 마수다. 상위종의 벌레와 다크 베어를 합성하던 도중 우연찮게 태어난 산물. 달이 떴을 때 무척이나 흉포해지기로 유명하다.

뱀파이어, 웨어 울프 킹…… 말이 필요 없다. 둘 다 상급 4Lv의 강자이니 말이다. 특히 저녁이 되면 더욱 강해진다. 일반적인 천사라면 충분히 유린 가능했다.

"크하하! 천족의 씨를 말려라!"

사만이 채찍을 들었다. 다른 마족들이 보라는 듯 유쾌하게 웃으며 천사들을 향해 달려들었다.

그 뒤로 뱀파이어가 박쥐 형태로 변해 천사 한 명을 낚아챘다. 낚아챈 천사의 목덜미를 깨물며 피를 취했다. 피를 빨린 천사가 부르르 몸을 떨며 생기를 잃었다. 뱀파이어가 내리는 저주는 신성력에 상극. 한 번 물리면 신성력을 통한 회복은 먹히지 않는다.

웨어 울프 킹.

킹이라 이름 붙은 마수답게 싸우는 방식도 호쾌했다. 빠르게 도약하며 천사를 양단했다. 날개와 몸통이 함께 찢긴 천사는 더 이상 일어서지 못했다.

"……"

그것을 바라보던 하쉬말이 빛의 창 수백 개를 꺼내 들었다. 수백 개의 창이 쇄도하며 뱀파이어와 웨어 울프 킹을 노렸다. 그러나 태양이 사라지고 체력이 고갈되며 전과 같은 위용을 드러내진 못했다. 속도나 명중률이 심하게 떨어졌다.

근처의 중급 마수 몇 마리가 죽었지만 정작 노린 뱀파이어나 웨어 울프 킹은 건드리지도 못한 것이다.

"갈보 같은 년! 네년의 공격 따위에 내 마수가 죽을 거 같더냐!"

사만이 크게 웃어 젖혔다. 이에 다시 한 번 하쉬말이 빛의 창 수백을 꺼냈다. 하지만 이번에는 날리지 않았다. 도리어 창들을 하나로 합쳤다.

3m 길이의 기다란 삼지창이 완성되자 하쉬말이 그것을 거침없이 들었다.

싸움이 벌어진 이후 그녀가 무기를 드는 건 처음 있는 일.

그만큼 상황이 여의치 않다는 걸 뜻했다.

마족들의 눈이 빛났다.

"하쉬말의 목을 쳐라."

"지금이 기회다."

아껴두었던 상급의 마수를 하나둘 풀었다. 여태껏 사용한 마수는 거의 다 중급 수준이었다는 걸 감안하면 작정을 했다는 뜻.

사만이 눈살을 찌푸렸다.

"얌체 같은 놈들! 그러나 너희가 가진 마수로는 어림도 없다!"

버그 베어의 위에 탄 사만은 더욱 열렬하게 채찍을 휘둘렀다. 상급의 마수 몇이 더 추가됐대도 뱀파이어나 웨어 울프 킹에는 못 미친다. 특히 둘은 천족과 천적 관계에 놓여 있었다.

마족의 본격적인 공세가 시작되자 결국 하쉬말의 근처를 지키던 유일한 역천사 하나가 최후를 맞이했다.

하쉬말의 고운 이마가 찌푸려졌다.

파악!

와이번 수십 마리를 동강 내고 다가오는 상급 마수를 차례대로 처리했지만 끝이 없다. 하쉬말은 조금씩 벼랑 끝으로 밀려나고 있었다.

심지어 웨어 울프 킹마저 처리하는 데 성공했으나 그 뒤를 이어 날아오는 채찍에는 무방비할 수밖에 없었다.

"크하하! 내가 잡았……!"

사만의 채찍이 막 하쉬말에게 닿기 전.

캬오오오오!

뇌신이 사만이 있던 자리를 크게 한 입 물고 지나갔다.

사만이 버그 베어와 함께 증발한 그 순간.

나는 지상에서 작게 미소 지었다.

'무리해서 들어온 보람이 있군.'

각성자들을 이끌고 어느덧 전장의 한복판에 서 있던 것이다.

하쉬말이 슬슬 한계에 가까워졌다고 생각해 억지로 밀고 들어온 탓에 백 명이 넘는 사상자가 발생했지만 마족 한 명과 바꾼 것이라면 매우 값이 싸다. 덕분에 뇌신이 방심한 사만을 먹어치울 수 있었다.

[마족 사냥에 성공했습니다. 칭호 '던전 사냥꾼'의 효과로 잔여 능력치 1이 생성됩니다.]

[500,000pt가 주어집니다.]

백작 나부랭이라 그런지 보상이 짰다. 그래도 잔여 능력치를 얻었으니 만족했다. 다른 마족들도 노릴 수 있으면 좋겠지만 뇌신이 사만을 잡아먹는 걸 본 이상 극도로 견제할 게 분명하였다.

그때, 하쉬말이 시선을 옮겼다. 이내 나를 쳐다보았다.

'알아챘구나.'

뇌신의 주인이 나라는 걸 눈치챘다. 문제는 내가 마족인 것까지 꿰뚫어 보았느냐다. 천족을 도와 마수를 처리하고 있는데 하쉬말이 나를 마족과 같은 선상에 올리면 앞으로의 일이 귀찮아진다.

최대한 마력을 억제하고는 있다지만 혹시 모른다. 긴장하며 하쉬말의 두 눈을 똑바로 쳐다보았다. 수 초의 시간이 지나고 하쉬말이 다시 고개를 돌렸다.

'넘어갔나?'

알 수 없다. 그래도 적대적인 눈빛은 아니었다.

"공대장님, 물러나야 합니다. 더 이상 파고드는 건 너무 위험해요!"

근처로 다가온 이지혜가 간곡히 요청했다.

강한 마수는 전부 하쉬말에게 달려들고 있었다. 하지만 그보다 급이 떨어지는 마수도 숫자가 많아지면 치명적이다. 하물며 각성자들은 그런 중급 마수 한두 마리만 있어도 상대하기 버거운 수준이었다.

주변의 각성자 중에는 몸 성한 이가 거의 없었다. 포션을 부어가며 억지로 버티는 게 고작.

트롤이나 비홀더, 밴쉬 따위가 주변에 넘쳐났다. 조금만 틈을 보이면 눈 깜빡할 사이에 목숨을 앗아가는 괴물들!

그러나 나는 고개를 저었다.

"버텨라."

"다 죽을 수도 있어요. 공대장님, 절대로 좋은 계획이 아니에요. 천사들이 밀리면 그다음 표적은 우리 인간들이라고요!"

이지혜라고 모를 리가 없었다. 하쉬말을 비롯한 천족들의 진영이 조금씩 뒤로 물러나고 있다는 걸. 힘 싸움에서 명백하게 지고 있었다. 하지만 내 대답은 달라지지 않았다.

"버텨라."

"이……! 자폭할 생각은 아니겠죠?"

"아니다."

이지혜가 입술을 꽉 깨물며 지팡이를 들었다.

재참가 의사를 밝힌 것이다.

나는 던전의 입구를 한 차례 바라봤다. 그리고 뒤에서 이지혜나 유은혜, 에드워드 등을 도우며 '때'를 기다렸다.

크리슬리가 죽음 지팡이를 쥐고 비장하게 말했다.

"한 치의 빈틈없이 막아야 합니다. 상대가 천족이라고는 하나, 우리에게 주어진 전력도 만만치 않습니다."

1층에 모인 중급 이상의 마수가 무려 천오백. 그중 상급의 마수도 다수 포진해 있었다. 그리고 설혹 전력이 부족하대도 이 던전은 필사적으로 사수해야 함이었다.

이곳은 마지막 보금자리였다. 근원의 나무를 틔우고 목숨을 다해 지킬 것을 다짐하지 않았던가.

크리슬리를 포함한 모든 다크 엘프의 눈에 각오가 서렸다. 하지만 줄리엄만은 예외였다. 그는 굉장히 걱정이 된다는 눈빛을 짓고선 입을 열었다.

"여왕님, 물러나 계십시오. 천족은 결코 호락호락한 존재가 아닙니다."

병이 치료되고 던전 마스터와 의식을 맺음으로서 크리슬리는 다크 엘프의 정식 '여왕'이 되었다.

줄리엄, 심지어 크라스라마저 이제는 말을 높인다. 하지만 여전히 적응이 안 된다는 듯 크리슬리가 어색하게 웃었다.

"장로님, 일곱 기의 용아병과 리치가 바로 근처에서 저를 지키는데 뭐가 두렵겠습니까?"

"여왕님은 모르십니다. 천족이 얼마나 잔인하고 무서운 이들인지……!"

줄리엄이 몸을 부르르 떨었다.

마계. 그중 오지에서 오랜 시간을 지낸 줄리엄은 차원 게이트를 통해 나타나는 천족을 몇 번이나 본 적이 있었다. 하나같이 악랄하기 그지없는 손속으로 마계의 모든 생명체를 말살하려 들었다. 그럴 때마다 줄리엄은 발이 부르트도록 내 달리며 생명을 호소할 수밖에 없었다.

물론 천계의 침공이 잦지는 않았다. 수십 년에 한 번꼴에 불과했다. 하지만 한 번 나타나면 마계의 중심부를 제외한 모든 곳이 적잖은 타격을 받았다.

한마디로 내륙에서 쫓겨난 약자들만 죽어 나간 것이다. 줄리엄이 기를 쓰고 세계수로 들어가고 싶어 했던 이유가 그것이다. 외지는 언제 어디서 죽을지 모른다는 공포가 항상 함께하고 있었다.

반면 크리슬리는 어리다. 천족의 두려움을 겪어본 적이 없다. 그러니 평상심을 유지할 수 있는 것이라고 줄리엄은 생각했다.

"걱정하지 마세요. 제 몸 추스를 정도의 실력은 있습니다."

크리슬리가 그 걱정을 불식시키고자 환하게 웃었다.

날이 갈수록 아름다워져서 이제는 같은 다크 엘프라도 그녀의 미모를 따라올 이가 없었다. 천하의 줄리엄도 잠시 넋을 놓았다.

겨우 정신을 찾은 줄리엄이 말했다.

"……이 늙은이가 목숨을 다해 지켜드리겠습니다."

"후후, 든든합니다."

쿵!

콰아앙!

그 순간.

던전이 요동쳤다. 천족의 공격이 본격화된 것이다.

머지않아 입구를 통해 들어오는 다수의 존재를 포착했다.

크리슬리가 죽음 지팡이를 꽉 쥐었다.

"준비하십시오. 적이 옵니다."

천사 이백.

권천사 넷.

능천사 하나.

던전 안으로 들어온 천사의 숫자다.

어둡기 그지없는 던전임에도 전혀 영향이 없다는 듯 천사들은 거침없이 진격했다. 이내 고르지 않은 지대에서 샤벨 타이거와 맞닥뜨렸다.

그르르르!

수십의 샤벨 타이거가 천사의 주변을 맴돈다. 빛으로 이루어진 무기를 꼬나 쥔 천사들이 다가서자 샤벨 타이거가 급히 물러난다. 따라올 테면 따라와 보라는 듯. 그러나 호락호락 넘어가지 않는다. 천사들은 대열을 유지했다.

과연 천족들도 단순무식하진 않다. 이것이 함정이라는 걸 단번에 간파하였다. 크리슬리는 즉시 리자드맨을 투입했다.

도마뱀과의 마수인 리자드맨은 중급 2Lv의 마수. 정면 대결의 귀재다.

스릅! 스르릅!

시미터와 둥그런 나무 방패. 작달막한 갑옷을 걸친 50여 마리의 리자드맨이 혓바닥을 날름거렸다. 매우 도발전인 작태를 보이며 선공을 가했다.

이백의 천사에 비하면 숫자는 적으나 애당초 이길 생각으로 내보낸 게 아니다. 적의 화력 조사 차원으로 내보낸 특공대다.

50의 리자드맨이 모두 사망하는 데 걸린 시간은 8분여.

리자드맨이 처리한 천사는 두 명!

극악의 효율인 데다 뒤의 권천사나 능천사가 나서지는 않았지만 충분하다. 객관적인 지표로 이용할 수 있을 듯싶었다.

"상상 이상군요. 이게 천족……."

던전 수정구. 던전 내부의 모든 상황을 파악할 수 있는 아이템 앞에서 크리슬리가 침음을 흘렸다. 수정구를 통해 목격한 천사의 무력은 강렬하기 짝이 없었다.

"그나마 다행입니다. 높은 위계의 천사는 얼마 없어 보여서요."

줄리엄은 안도의 한숨을 내쉬었다. 이에 크리슬리가 고개를 갸웃하며 물었다.

"천족은 위계가 다양하고 복잡하다고 들었습니다. 그 차이가 큽니까?"

"예, 하급 위계로 천사와 대천사, 권천사가 있지만 대천사는 특별한 존재이듯 위계만 보고 함부로 재단할 수는 없습니다. 그래도 중급 위계인 능천사라면 다크 엘프 로드와도 자웅을 겨룰 수 있지요. 그 위에 역천사와 주천사가 더 있지만 이들은 어지간한 최상급의 마수도 홀로 상대할 수 있는 최강자들입니다. 상급 위계로 올라가면…… 좌천사, 지천사, 치천사가 있다는데 저도 본 적이 없어서 그들이 얼마나 강할지는 잘 모르겠습니다."

"마지막은 천왕이겠군요."

"그렇습니다. 천왕은 천계의 주인이지요. 마계의 주인이 마왕인 것처럼 말입니다. 그리고 권천사와 능천사라면 이곳의 마수들로도 충분히 상대가 가능할 것 같습니다."

그제야 줄리엄의 굳은 표정이 풀어졌다.

크리슬리는 가만히 수정구를 쳐다보다가 입을 열었다.

"먹이를 더 던지겠습니다. 다음은 웨어 울프의 차례. 모두…… 의식을 준비하세요."

리자드맨, 웨어 울프, 나가가 차례대로 천사들을 맞이하고 죽었다. 한 마리도 빠짐없이 몰살당했다. 그들의 피가 사방에 흩뿌려지며 천사의 몸에 엉겨 붙었다.

태양이 하늘 위에 있었다면 자연적으로 핏자국이 사라졌을 것이나 이곳은 던전. 있는 것이라곤 오로지 어둠뿐인 이곳에서 깨끗함을 바라는 건 사치다.

결국 천사들은 전신에 피를 칠한 채로 움직일 수밖에 없었고, 다시 다크 베어와 트롤의 혈흔이 몸에 새겨졌을 때 '의식'이 시작되었다.

다크 엘프의 의식은 특이하다. 처음에는 그저 말이나 행동에 불과했다. 하지만 모든 것에 의미를 부여하고 혼을 새기자 오랜 시간이 지나며 진정한 힘을 발휘하기 시작한 것이다. 때문에 부족마다 행하는 의식은 대부분이 제각각이었다.

스킬로도 설명이 불가능한 무언가. 초월적인 의지에 가까웠다. 그리고 줄리엄은 상대를 '저주'하는 의식을 알고 있었다. 특정 마수의 피를 차례대로 묻혀서 상대를 약화시키는 고대의 주술.

이미 천사들은 마수의 피를 제대로 뒤집어썼으니 피해가지 못할 것이었다.

다크 엘프들이 모여앉아 죽은 마수를 위로하며 천족을 원망하였다. 그 감정이 극에 달해 몸을 부르르 떠는 다크 엘프가 부지기수였다.

잠시 후, 샤벨 타이거 한 마리가 죽은 천사를 입에 물고 나타났다.

"날개를 찌르십시오. 죽은 마수의 영혼이 천족들을 저주할 겁니다."

그것을 본 줄리엄이 단검 하나를 건넸다. 단검은 무뎌지고

색이 바랠 정도로 오래된 물건이었다. 그다지 손대고 싶다는 느낌이 들지 않는, 이것이야말로 저주받은 게 아닐까 싶은 단검을 크리슬리가 건네받았다.

작게 숨을 들이마시곤 바닥에 놓인 천사의 날개를 찔렀다.

히아아아아―

기묘한 신음 소리.

죽은 천사의 입에서 나는 소리는 결코 아니다. 저주를 담은 강렬한 마력의 파장이 생성되며 천족들을 향해 미친 듯이 달려 나갔다.

낌새를 느낀 천족들은 잠시 당황한 모습을 보였다. 수정구를 통해 현황을 지켜보던 줄리엄이 고개를 주억였다.

"성공입니다. 저주의 의식이 통했습니다."

"……그럼 총공격을 준비하지요. 적들을 몰아내겠습니다."

최소한의 피해로 천사들을 끝장내야 한다.

일단 화력은 확인했고 저주로 말미암아 더 약화된다면 납득 가능한 선에서 승리를 거머쥘 수 있을 것 같았다.

적은 내부에만 있지 않다. 외부에 더욱 많았다. 최대한 마수를 보존해야 원하는 바를 이룰 수 있었다.

그 찰나, 크리슬리가 몸을 비틀거렸다. 다리가 엉키며 주저앉으려는 걸 겨우 면했다

"원혼의 아우성을 들은 모양이군요. 제게 기대십시오."

저주는 시전자에게도 영향을 준다. 상대가 강력한 자일수록 그 반동이 크다. 크리슬리의 지능이 100을 넘어서지 못했다면 며칠을 실신해도 이상할 게 없었다.

깜짝 놀란 줄리엄이 부축하려 했지만 크리슬리는 손을 뻗어 그를 제지했다.

"괜찮습니다. 바깥에서 고생 중이실 그분에 비한다면…… 이쯤은 아무것도 아닙니다."

이어 두 발을 곧게 펴고 자리에 선 크리슬리가 마수들과 함께 이동하기 시작했다.

Dungeon Hunter

'날이 새는군.'

저녁이 지나간다. 달이 조금씩 가라앉고 불그스름한 황혼이 떠올랐다. 그럼에도 아직 하쉬말은 쓰러지지 않았다. 쉴 새 없이 공격을 퍼붓는 마수를 상대하며 그 철벽과 같은 몸짓과 표정은 한 치의 흐트러짐이 없다.

'하쉬말……. 그 이름은 허명이 아니었군.'

대단하다. 솔직하게 감탄했다. 사실 하쉬말은 전투보다 보조에 어울리는 역할이다. 전생에서 다른 강력한 천사들을 보조하며 1년 6개월이란 시간 동안 막대한 업적을 올렸다.

그래서 조금은 무시한 경향이 있었다. 벼랑 끝에 몰리거든 결국 한계를 드러낼 것이라고 서포터 이상은 되지 못한다는 안이한 생각을 가지고 있었다.

하지만 지금 이 상황은 나를 벅차게 만들기에 충분했다. 아직 80가량의 천사가 남아 있다고는 하나, 결국 그 버팀목은 하쉬말이었다. 하쉬말 혼자서 모든 마족과 마수를 대적하는 것과 크게 다르지 않았다.

빛을 나르는 자. 그 빛을 겨눌 줄도 알았던가.

만약 내가 저 자리에 있었다면.

그 모습을 상상하니 고개가 저어진다.

'반나절. 길어야 하루.'

나는 내 자신을 잘 안다. 해서 필요한 상황이 아니라면 만용을 부리지 않는다. 게다가 나는 다대일의 대결에 약한 편이었다. 객관적으로 따져 봤을 때 그 정도가 한계일 것이다.

그러나 하쉬말은 아직도 기세를 죽이지 않았다. 태양이 떠오르자 텅텅 비어버린 신성력을 미약하게나마 회복하고 있었다. 정말 질린다는 표현이 어울리는 존재였다.

덕분에 국면이 전환되어 소강상태에 접어들었다.

마족들은 상급의 마수를 불러들이고 다시 물량 공세를 행하는 중이었다. 그저 체력만 깎겠다는 의지가 절절하게 느껴진다.

"인세에 지옥이 있다면 바로 여기일 거예요."

유은혜가 격한 숨을 몰아쉬고 곁으로 다가왔다.

깨끗했던 얼굴에 지금은 먼지며 피 따위가 덕지덕지 묻어 있었다. 그것을 닦을 생각조차 가지지 못할 정도로 하루 동안 겪은 일이 너무 많았다. 하지만 끝나지 않았다는 게 문제다.

현재, 공격대원을 비롯한 살아남은 각성자는 전장의 한복판에 있었다.

그나마 소강상태로 접어들며 공격의 빈도가 낮아져서 다행이다. 마수의 시체로 벽을 쌓고 그 사이에서 숨을 죽인 채휴식하는 시간을 가질 수 있었으니…….

"긴장을 풀지 마라."

"후! 안 그래도 이대로 긴장 풀면 한 방에 훅 갈 거 같아요. 그 투명 벌레인지 뭔지 하는 것들 때문에 아직도 머리가 띵해요."

유은혜가 관자놀이를 꾹꾹 눌렀다.

나는 시선을 돌려 남은 각성자들을 훑었다.

내 입장에서 보자면 각성자는 이제 갓 두 발로 선 갓난아이와 다를 바 없었다.

아직 달리는 법도 모르는 이들이 이만한 전장을 겪어본 적이 어디 있었겠나.

그러나 전장에서 지내는 시간이 길어질수록 확실히 '성장'하고 있었다.

처음에는 피가 강을 이루고 시체가 저변에 널리자 겁을 집어먹었는데 지금은 제법 무감각해진 모습이다. 동료가 죽으면 슬프긴 했지만 그것을 질질 끌고 가진 않았다. 그래야만 생존할 수 있다는 걸 본능적으로 깨달은 탓이다.

잠시간의 휴식. 모든 각성자가 피폐한 얼굴이었다. 그럼에도 눈빛은 살아 있었다. 긴장을 놓지 않으며 주변을 경계했다.

물론 도망간 이가 없지는 않다. 이탈자만 벌써 40명에 달했다. 하지만 그들 중 대부분이 돌아올 수 없는 강을 건넜다. 대열을 이탈하자마자 마수에게 죽임을 당한 게 절반을 넘었다.

오히려 이게 전화위복이 됐다. 도망가지 못한다는 걸 알았으니 더욱 분발할 수밖에 없는 것이다. 이제 여기서 빠져나가려면 승리밖에 답이 없다는 걸 모두가 눈치채고 있었다.

"공대장님, 무슨 소리 안 들려요?"

포션을 상처에 덧바르던 유은혜가 돌연 들려오는 이상한 소리에 고개를 갸웃했다.

소리는 던전이 있는 방향에서 났다.

"처, 천사가 더 있었네요? 그런데 왜 던전 안에서 나오는 거지? 아니, 그보다…… 상태가 왜 저래?"

유은혜가 억 하고 소리를 냈다.

곧 수십의 천사가 입구를 비집고 튀어나온 것이다. 모든 각성자, 심지어 마족들마저도 눈을 휘둥그렇게 뜰 수밖에 없었다.

바로 던전의 내부를 공략하던 천사들이었다. 하지만 그 상태가 참혹했다. 날개 한쪽이 찢겨 있는 건 예사였고 하반신이 잘린 채 장기가 삐져나오려는 걸 손으로 억제하며 날아오는 천사도 있었다.

'왔군.'

입꼬리가 살짝 올라갔다. 저 모습을 보아하니 크리슬리가 수성을 하는 데 성공한 모양이었다. 그리고 그 결과를 알리듯 다수의 마수가 천사의 뒤를 따라 나왔다.

쿵!

쿠웅!

가장 먼저 모습을 드러낸 건 상급의 골렘이다. 그리고 리치와 다수의 샤벨 타이거 등이 위풍당당한 자태를 보였다.

마족들도 그제야 아차 한 표정을 지었다. 던전이 있다면 그곳의 주인과 마수가 있어야 마땅한데 여태껏 소식이 없었던 것이다.

그저 그런 마수들이었을 경우엔 무시해도 되겠으나 구성이 만만찮다. 숫자도 상당했다. 단일 세력으로는 단연 돋보이는 수준. 하지만 던전 마스터는 보이지 않는다.

적인가, 경쟁자인가?

두 의미 모두 비슷하긴 했지만 전자냐 후자냐에 따라서 이 국면이 뒤바뀔 수도 있었다.

그러나 하루가 지난 시점에서 모습을 보였다는 건 분명히 노림수가 있다는 뜻.

소강상태가 해제되고 천족과 마족, 인간 모두가 긴장 상태에 빠져들었다.

특히 각성자들은 더욱 어깨가 무거워질 수밖에 없었다. 그들에겐 던전에서 튀어나온 마수도 다른 마수와 한통속으로 보였기 때문이다.

유은혜가 분위기를 쇄신하고자 용기를 내어 고백했다.

"공대장님, 살아나가면 제가 진하게 키스 한 번 해드릴게요."

"필요 없다."

Dungeon Hunter

충격적인 등장.

그 숫자만 천을 넘기는, 중급 이상으로 이루어진 마수 부대가 던전의 입구를 틀어막았다.

모든 마족과 천족, 각성자가 던전을 유심히 지켜보았다. 공세가 멈추고 전장은 침묵만이 감돌았다.

전쟁의 연장선. 온갖 억측이 머릿속을 맴돌며 소리 없는 싸움이 계속되고 있었다. 특히 마족들의 관심은 유별났다. 저만한 질과 숫자의 마수를 보유한 이는 손에 꼽는다.

공작, 혹은 대공이나 가능할까?

시작부터 고지를 차지하고 움직인 그들이라면 저 정도의 마수를 보유할 수 있을지도 모르겠다.

그러나 던전 마스터의 정체는 베일에 싸여 있었다. 오로지 마수만 모습을 드러냈다. 누구인지, 어느 파벌에 속해 있는지 제대로 파악하지 못한 이상, 섣불리 움직일 수 없다. 만에하나 잘못했다간 벌집을 건드리는 꼴이 될 수도 있었다.

어쩌면 이곳에 모인 마족 중 한 명의 던전일 가능성도 없지 않았다. 그렇기에 서로가 서로를 감시했다. '너냐?'라고 묻는 듯 쉴 새 없이 눈알을 굴렸다.

당연히 결론이 나올 리 없었다. 모든 건 추측 속에 있었다. 그나마 저 마수들이 무언가 행동을 보인다면 그 의도를 짐작할 수 있을 테지만…….

그저 가만히 있었다.

던전의 입구를 틀어막은 채 한 발자국도 움직이지 않았다. 던전을 건드리지 않으면 신경 쓰지 않겠다는 것처럼 보이기도 하였다.

실제로 은빛 갑주의 골렘 M1과 M2는 던전의 배리어를 공격하는 천사만 격퇴하지 않았던가.

배리어의 공격을 멈추자 아예 기동을 중단했다.

어찌해야 하는가.

열세 명의 마족이 주저하지 않고 하쉬말을 공격했던 것은 합이 맞았기 때문이다. 적어도 그들의 공통적인 관심사가

'천사 사냥'에 맞춰졌기에 쉽게 움직일 수 있었다.

하지만 저 던전의 주인이 가진 의도는 도무지 읽히지 않았다. 아예 뒤치기를 감행할 작정이었다면 지켜보다가 마지막 순간에 나타나도 되었을 것이다. 그런데 하루가 지난 다음 나왔다. 이 시기가 굉장히 어중간하기 그지없다.

그것도 모자라서 가만히 서 있기만 하다니.

마족의 입장에선 절로 '뭐하자는 거냐'라는 소리가 나올 상황이었다.

그렇다고 움직이지 않자니 하쉬말이 신성력을 회복한다. 추가된 천사들을 치료하고 공세에 나서면 다시 기나긴 하루를 반복해야 한다.

움직인다면 여전히 저 던전의 마수들이 거슬린다. 다른 마족들처럼 천사와 하쉬말을 공격했을 경우에야 그냥 경쟁자 취급을 했을 것이나 그렇지 않다는 게 문제다.

뒤를 노려지는 건 사절이다. 반나절 전, 마족 '사만'이 전기의 용에 의해 증발한 것을 봐서 더욱 조심스럽다.

"어느 파벌 소속인지 모르겠지만, 나와라! 안 나온다면 던전부터 깡그리 뭉개 버리겠다!"

후작 아나스타샤가 나섰다. 판데모니엄 휘하 마족 두 명이 추가로 지원했다. 마족 셋이 힘을 합치면 저 정도 전력을 밀어버리는 게 불가능하진 않았다.

뒤에 적을 남길 바에야 먼저 잔가지를 잘라내겠다는 속셈.

더불어서 저 던전의 주인이 판데모니엄 파벌이 아니라는 증언이기도 했다.

"놀고 있군. 그런 뻔한 수작에 넘어갈 줄 아느냐?"

후작 델라트가 비아냥거렸다.

이곳에 모인 마족들은 기본적으로 신뢰라는 단어를 잘 사용하지 않는다. 하물며 사이가 좋지 않은 두 파벌임에야 정해진 수순이었다.

"수작이라니! 그 옹졸한 눈으로 모든 걸 재단하려 하지 마라."

"옹졸? 하하! 좋다. 그러면 저 던전을 한번 공격해 봐라. 네년의 언행에 진정성이 있다는 걸 믿어주마."

당차게 포부를 밝혔으니 책임을 져 보라는 뜻이다.

그러나 아나스타샤는 얼굴만 붉혔다. 깡그리 뭉개 버리겠다고는 했지만 그것은 단순한 위협이었다. 나름 마족들을 선동해 저 던전의 주인을 압박하려는 속셈이었으나 시작부터 초를 친 것이다.

델라트가 피식 웃으며 오른손을 들었다.

"시간이 아깝군. 계속 고민하고 있어라. 하쉬말의 목은 내가 받아가겠다."

손을 뻗어 진격을 명했다. 마수들이 다시금 하쉬말을 노리고 달려들었다.

오히려 현명한 선택이다. 델라트는 당황하지 않고 냉정하게 전장을 분석하고 있었다. 엉거주춤한 마족들이 방패막이가 되어줄 터였다.

그러나 숫자가 적다.

하쉬말을 강하게 압박할 순 없었다.

회복을 저지하는 게 전부. 하지만 그 움직임에 따라 마족들의 행동에도 변화가 생겼다는 게 중요했다. 던전을 무시하고 공격하는 이들이 생겨난 것이다.

반면에 의심하는 이들도 없잖아 있었다.

촤악!

데스 나이트가 지상에서 주문을 외우던 오크 샤먼을 베었다. 죽음의 말을 탄 채 지상을 거침없이 뚫고 나가 델라트를 공격했다.

치잉!

"뭐하는 짓이냐!"

아슬아슬하게 검격을 막아낸 델라트가 눈을 부라렸다. 이 데스 나이트의 주인이 아나스타샤라는 걸 진즉 알아본 것이다.

"……아무래도 수상해. 네 던전이거나 네놈 파벌의 던전이지? 우리를 묶어둬서 포인트를 독식하려고?"

"이 정액받이 년이! 드디어 정신이 나갔구나!"

델라트의 입에서 욕지기가 튀어나왔다.

그야 그들은 사이가 나쁘고 서로 공격해도 이상하진 않

앉다. 틈만 보이면 서로의 목을 따려고 안간 애를 쓸 것임은 자명했다. 하지만 공통의 적, 천족 '하쉬말'을 눈앞에 두고 뒤치기를 감행하는 건 제정신이라 할 수가 없었다.

천족에 대한 분노는 마족이라면 당연히 가지고 있는 것이었다. 그만큼 상황이 복잡하게 돌아가고 있다는 방증이었지만……

델라트의 눈에 광기가 생겨났다.

"오냐, 죽여 주마. 네년부터 갈가리 찢어버리라!"

그것이 기점이었다.

작은 의심은 분열을 불러왔다. 주 전력을 빼내고 주변을 철통같이 지켰다. 마족끼리 다투는 경우도 생겼다. 마수와 마수가 얽히며 전장은 깊은 수렁으로 들어갔다.

바로 그때.

"천사를 지켜!"

"마수를 쓸어버리자!"

숨을 트인 각성자들이 혼신을 담아 진격을 시작했다.

나는 한쪽 입꼬리를 말아 올렸다.

급하게 세운 계획치곤 선방했다.

파벌 간의 사이는 최악이었다. 천족이라는 공통된 적 앞에서 겨우, 억지로 뭉칠 수 있었던 것이다. 이런 얄팍하기 그지없는 연결은 약간의 혼란만 줘도 끊어낼 수 있었다.

이 계획의 골자는 크리슬리가 얼마나 많은 마수를 남기느냐는 것이었다. 다행히 천족과의 전투에서 대승리를 거둔 모양이었다.

다수의 마수. 먼저 처리하자니 이벤트와는 멀어지고 전력을 잃을 가능성도 있었다. 남기자니 뒤가 근질거린다. 한마디로 계륵과 같았다.

자연스럽게 의심이 생겨나고 마족 간의 연결이 끊겼다.

열셋, 아니, 열두 명의 마족 중 한 명만 엇나가도 되는 일. 여기에 아나스타샤가 낚였다.

각성자까지 나서자 진정한 아수라장이 완성되었다.

'훌륭하다.'

나는 이 자리에 없는 크리슬리를 칭찬했다. 솔직히 반만 남겨도 대성공이라고 보았다. 설마 삼분의 일도 안 잃을 줄이야. 크리슬리의 공이 지대했다.

덕분에 혼란이 가중됐다.

이제 한 마리의 마수가 아쉬워진 지금 시점에서 수백의 각성자는 천족에게 나름 큰 도움이 될 것이었다. 적어도 하쉬말과 상처 입은 천사들이 회복할 시간쯤은 벌어줄 수 있을 터였다.

"우리가 할 일은 오직 하나. 버티는 것이다. 무리할 필요 없다!"

내 외침이 각성자들의 귀에 또렷이 박혔다.

싸우는 것과 버티는 건 난이도가 전혀 다르다. 충분히 할 수 있는 일이었다. 그리고 그 위에서 하쉬말이 내 쪽을 묘한 눈빛으로 내려다보고 있었다.

태양이 중천에 걸렸다.

오백으로 시작한 무리가 어느덧 절반 아래로 줄었다.

이판사판. 계란으로 바위를 치는 심정이었지만 그 정도로 싸움이 치열했다.

나는 분노 대신 레어 등급의 검을 착용하고 있었다. 그 검을 하늘 위로 번쩍 들어 올려 외쳤다.

"우리는 이 나라의 마지막 희망이다. 천사가 모두 죽는다면 그다음은 내가 살던 마을이, 친척이, 친구가, 그리고 부모가 마수에게 유린당할 것인즉! 지켜라!"

내가 한국의 희망을 논하는 것도 웃기는 일이다. 그러나 필요한 일이었다. 적어도 각성자들에게 작은 불꽃 하나 정도는 심어줄 수 있을 테니까.

각성자들은 최대한 오래 버텨줘야 한다. 게다가 숫자가 적어질수록 이지혜나 유은혜, 에드워드가 위험해진다. 저 셋을 이런 곳에서 잃을 순 없다. 이번 전장에서 성장을 이루는 게 목적이지 죽음은 논외다.

물론 지키려면 지킬 수는 있었다. 그러나 그 와중 내 정체가 발각될 가능성이 매우 높다. 그야말로 최악의 경우다.

"빌어먹을. 할 거라고. 말 안 해도 지킬 거라고!"

"으아아아!"

이미 만신창이가 된 각성자들이 내 한마디에 약간의 활기를 머금었다.

희망.

참으로 좋은 단어다.

포션으로 억지로 이어붙인 다리가 덜렁거리고 얼굴의 뼈가 드러날 만큼 깊게 패인 상처를 가지고도 각성자들은 움직였다. 악에 받쳐 마수들을 썰었다.

이미 제정신은 아니다. 하루 반나절간 이어진 싸움에서 대부분의 정신이 마모되었다. 쉬지 않고 달려온 탓에 진즉 한계를 뛰어넘었다. 먹을 것, 마실 것, 챙겨는 왔으나 그조차 입에 대지 못할 상황의 연속. 서 있는 것만으로도 칭찬받아 마땅하다.

나 역시 '겉으로는' 안간힘을 다해 싸우는 것처럼 비쳐졌다.

쉬이이잉!

쾅!

막대한 신성력을 머금은 빛의 창이 지상에 다발로 내리꽂힌다.

'됐군.'

나는 작게 고개를 끄덕였다.

하쉬말. 빛을 머금은 황금색의 눈동자가 모멸 찬 눈빛으로 적을 꿰뚫어 본다.

드디어 모든 충전을 마친 것이다.

본격적인 2라운드의 막이 열렸다.

마족들이 '뭔가 이상하다'는 걸 깨달았을 때쯤.

당초 일만이었던 마수는 어느덧 오천 미만의 숫자만 남아 있었고 주력이라 할 수 있는 상급의 마수도 상당수 줄어 있었다.

그제야 열두 마족은 분쟁을 멈췄다.

충전을 끝마친 하쉬말은 강력했다. 처음 봤을 때보다 더욱 강해진 느낌이다. 암묵적인 동의 아래 모두가 잠시 휴전을 맺고 공격을 감행할 필요가 있었다.

무엇보다 몸을 빼기엔 너무 늦었다.

지금까지 본 손해를 메우려면 몇 개월에서 1년 정도는 죽은 듯이 포인트를 벌어야 했다. 아니면 다수의 천사를 사냥하는 것밖에는 방법이 없었다.

그마저도 못하면?

추락이다. 이미 이곳에서 마족들이 가진 마수를 어느 정도 파악하지 않았는가.

언제 쳐들어올지 전전긍긍하며 좌불안석해서 살아갈 게 틀림없었다.

후작 델라트와 아나스타샤도 그 사실을 모르지는 않았다.

서로가 가진 마수가 비슷해서 쉽사리 결판이 나지 않자 쌍욕을 내뱉으며 몸을 부들부들 떨었다. 조금이라도 이성이 돌아온 덕분에 하쉬말의 견제가 더욱 중요하다는 걸 깨달은 것이다.

"오라질 놈!"

"쌍년!"

저급하기 그지없는 욕설이나 이미 둘은 만신창이였다. 갑옷이 베이고 몸 전체에 상처가 그득했다. 광기에 찬 눈빛. 머리가 풀어지며 '미친 연놈'을 연상시켰다.

어쨌거나 분열은 멈췄다.

동시에 모든 마족이 한 가지 공통적인 생각을 가지게 되었다.

"오래 끌면 안 되겠군."

"태양이 지거든 승부를 본다."

단기 결전!

시간을 끌어봤자 더 이상 좋을 게 없었다.

전력을 부딪치리라.

그렇게 중천에 뜬 태양이 조금씩 기울어지고 결전의 시간이 다가오고 있었다.

Chapter 25

하쉬말

Dungeon Hunter

"마스터 바보. 마스터 멍청이! 히잉…….."

던전의 15층.

이히가 그 앞에 앉아 울먹였다.

모든 권한을 박탈당한 뒤, 이히에게 유일하게 허락된 장소가 이곳이다.

전원이 바쁜 이때 여기서 근원의 나무나 돌보고 있으라는 뜻이 아니고 무엇이겠나.

그것을 알기에 이히는 뿌루퉁했다. 원래라면 자신이 만든 숲과 정원에서 꿀벌을 괴롭히고 있어야 할 시간. 그런데 그 상황조차 알지 못하니 발만 동동 구를 수밖에 없었다.

"꿀벌들아…… 죽으면 안 돼. 이 벌 다 받고 꼭 이히가 잘 돌봐줄게. 간식도 줄게. 많이 안 괴롭힐게."

무릎을 꿇으며 두 손을 곱게 모으고 기도한다.

살아줘, 꿀벌들아!

마음 같아선 누군가에게 부탁이라도 하고 싶은 심정이지만 그랬다간 던전 마스터의 미움을 더 받을 것이라고 이히는 생각했다. 꿀벌의 죽음보다 그게 더 싫다. 그래서 이 '벌'이 끝나기 전까지 이히는 꼼짝도 안 할 작정이었다.

결국 이러지도 못하고 저러지도 못한 채 이히가 할 수 있는 일은 그저 기도하는 것뿐이었다.

"나무님, 근원의 나무님. 이히의 꿀벌들을 잘 돌봐주세요."

슬쩍 실눈을 뜨며 근원의 나무를 살핀다.

크다. 싹을 틔운지 얼마 되지도 않았는데 그 크기가 벌써 5m는 되어 보였다.

세계수도 본 적이 있고 그보다 더 희귀하다는 것들도 여럿 보아온 이히지만 근원의 나무는 처음이다. 다만, 상상 이상의 생명력을 품었다는 것만큼은 분명했다.

'이 정도의 나무라면 이히의 소원쯤은 간단하게 이뤄줄 거야.'

사실 그러지 못할 것이라는 걸 알지만 지푸라기라도 잡는 심정이었다.

"그런데 나무님은 뭘 그렇게 드시고 키가 그렇게 크세요?"

이히가 눈을 깜빡이며 물었다.

근원의 나무는 하루에도 이히의 키의 두 배씩 자랐다. 아직도 절찬리에 성장 중이니 그 끝이 무섭다.

당연히 대답은 돌아오지 않았다.

이히는 괜스레 심통이 나서 뺨을 부풀렸다. 그리고 다시 눈을 감고 기도했다.

철푸덕!

그 찰나, 옆에서 무언가가 엎어지는 소리가 들렸다. 이히는 던전 코어의 요정으로서 모든 권한을 박탈당해 누군가의 침입도 알 수 없는 상태였다.

의아함을 느낀 이히가 고개를 돌려 소리의 근원지를 바라봤다.

"어…… 뭐야? 천사님?"

날개 한쪽이 잘린 천사가 지면에 얼굴을 처박고 있었다.

만신창이라는 말이 어울릴 수준으로 전신이 망가져 있었는데 천하의 이히마저 눈살을 찌푸릴 수밖에 없었다.

"천사님이 여기 들어오면 안 되는데……."

자리에서 일어난 이히가 양쪽 관자놀이를 지그시 눌렀다.

이히는 모든 권한을 일시적으로 박탈당해 천족의 공격이 시작되었다는 사실조차 모르고 있었다. 그저 '적이 쳐들어왔다' 정도의 정보밖에 없었다.

행동의 자유라도 있었다면 모를까 이히가 이동할 수 있는 장소는 이곳과 최상층이 전부다. 지금 일어나는 상황 자체에 대해서 무지했다.

그런데 난데없이 천사가 15층에 난입했으니 그것도 저런 몰골이니 당황할 수밖에 없었다.

요정은 선악의 정의가 애매하다. 자신한테 잘해주면 선, 나쁘게 대하면 악이다. 요정의 입장에선 천사나 마족이나 인간이나 똑같은 존재인 것이다.

물론 마족에게 예속되어 있다는 자각은 있었다. 그래서 곤란했다.

'왜 천사님이 여기에 나타난 걸까?'

지성이 있는 생명체라면 보통 쳐들어온 '적'이라는 게 천사라는 걸 깨달을 터였다. 하지만 이히는 전혀 다른 발상을 떠올렸다.

"아! 나무님이 보내주셨구나!"

이히가 고개를 돌려 근원의 나무를 바라봤다. 꿀벌을 잘 돌봐달라는 소원을 이런 식으로 이루어준 게 분명하다고 이히는 확신했다.

"그런데, 근원의 나무님. 이히가 보기에 천사님 상태가 너무 안 좋은 거 같아요. 이러면 꿀벌들을 돌볼 수 없잖아요?"

천사의 상태는 심각하기 그지없었다.

숨넘어가기 직전.

누구를 돌볼 수 있을 것 같지는 않았다.

이히는 여전히 양쪽 관자놀이에 손을 얹은 채 '음~' 하며 침음을 내뱉었다.

"이히는 지금 포션 한 병도 살 수 없는 몸이에요. 마스터가 이히의 권한을 모두 박탈했어요. 저 천사님을 치료할 방법이 이히에겐 없어요~"

아쉽다는 듯 곧 한숨을 쉬었다.

터덜터덜 걸어가 천사의 근처에 다다른 이히가 슬쩍 상태를 살폈다.

동시에 천사가 눈을 번쩍 떴다.

"근원의…… 정령이시어…… 허억!"

"아씨, 깜짝이야."

놀란 이히가 급히 한 발자국 물러났다.

"뭐야? 살아 있으면 살아 있다고 말을 하지. 이히를 깜짝 놀라게 해?"

천사님 하며 높여 부른 게 몇 분 지나지도 않았지만 이히는 확 빈정이 상해버렸다.

그러거나 말거나 천사는 죽어가는 와중에도 끝까지 할 말을 이어 나갔다.

"거대한…… 뒤틀림…… 허억! 인과율 파괴…… 처단…… 마, 마계로 파견…… 누군가의 개입…… 코드 변경…… 근원의 정령이시어…… 부디……!"

"얘 뭐래니?"

이히가 눈을 깜빡였다.

도무지 천사가 무슨 말을 하는지 알 길이 없었다. 하다못해 자신은 근원의 정령이 아니었다. 요정인 자신을 팔푼이 정령 취급하다니. 괘씸하기 짝이 없었다.

하지만 천사는 아리송한 말만 남기고서 고개를 늘어뜨렸다. 다시 근원의 나무를 쳐다본 이히가 가감 없이 솔직한 감상을 말했다.

"나무님, 근원의 나무님. 보내주신 천사님이 약간 맛이 간 거 같아요."

Dungeon Hunter

저녁이 되었다.

지루한 소모전이 끝나고 본격적인 전투에 돌입할 시간. 죽은 마수가 산을 이루고 시체 타는 냄새가 즐비했다.

이미 주변 지형은 말도 안 될 정도로 파괴가 된 상태. 반경 수 ㎞가 이런 꼴이었다.

그리고 오늘이야말로 끝장을 내리라 작심한 마족들은 측근의 마수를 하나씩 풀었다. 상급 마수 중에서도 레벨이 높은 마수가 주를 이뤘다.

"우리는 뒤로 물러난다. 휘말리지 않도록 주의하라."

단기 결전이 되리라는 걸 알기에 오늘은 빠질 수밖에 없었다. 내가 지휘하자 이지혜가 물었다.

"저녁이 되었는데 도와야 하지 않을까요?"

저녁이 되면 천사들이 약해진다는 걸 어제의 일로 깨달은 것이다. 천사를 돕는 입장에서 지금 순간이야말로 가장 열심히 난입할 때였다.

하지만 내 의지는 확고했다.

"지금의 상태로는 합세해 봤자 도움이 되지 않는다."

희망을 주고 젖 먹던 힘까지 짜냈지만 슬슬 한계였다. 각성자들은 이틀을 내리 긴장하고 있었다. 억지로 강행군을 진행하다간 피로가 폭발해 돌연사 하는 일이 생겨도 이상할 게 없었다.

이지혜도 그 사실을 알고 있었다. 마른 입술을 깨물며 이지혜가 물러났다.

100명이 조금 넘게 남은 인원. 그를 이끌고 전장의 중심지에서 벗어나기 시작했다. 마수들, 마족들도 각성자에게 관심을 접었는지 크게 견제하진 않았다. 지금 놈들은 하쉬말에게 온 정신을 쏟는 중이었다.

중심지에서 벗어난 뒤, 나는 기다렸다.

마족의 군세가 약해지기를, 하쉬말이 약화되기를!

몇 시간의 사투. 천지가 뒤틀리며 비명을 내지를 정도의 처절한 싸움이 계속되었고 적당히 때가 됐다고 여긴 나는 심적으로 연결된 M1과 M2에게 한 가지 명령을 내렸다.

'M1, M2. 폭주하라.'

신체적 능력치를 비약적으로 상승시키고 수명을 끝내는

비장의 스킬. 폭주(U)!

기동을 중단한 채 있었던 M1와 M2의 누 눈에 타는 듯한 붉은빛이 감돌았다.

나는 하쉬말의 약점을 안다.

한번 정의한 것은 바꾸지 않는 고집적인 성격.

한번 선한 것은 끝까지 선하며 한번 악한 것은 끝까지 악하다.

전생에서의 발자취를 살펴보면 이런 성격이 드러나는 부분이 많았다.

하쉬말의 성격을 이용하여 아리엘이 공격했기에 주변의 강력한 천사들을 제치고 그녀를 죽일 수 있었다. 그러지 못했다면 마족과 천족의 전쟁이 2년은 더 이어졌을 것이다.

그 방법이란 '관심 밖으로 벗어난 적의 귀환'이다.

나는 M1과 M2가 던전의 외벽만 지킨다는 고정관념을 심어줬다. 그래서 하쉬말과 기타 천사들은 M1과 M2가 기동을 중단했어도 공격하지 않았다.

그런 존재가 아주 위협적인 순간에 등장한다면 하쉬말은 과연 대처할 수 있을까?

"떨어진다! 잡앗!"

"오늘 밤은 천사의 피로 목을 축이겠구나."

하쉬말이 조금씩 떨어진다. 신성력은 무한하지 않았고 날개의 빛이 줄어들고 있었다. 하늘을 쉬이 날 수조차 없을 정도로 몰린 것이다. 저항을 하고는 있으나 시간문제였다.

마족들은 흥분하며 입가에 미소를 폈다. 5,000,000포인트. 저 하나로 누구보다 우위에 설 수 있다. 주변의 천사까지 싹 잡는다면 파벌에서 '실세'로 거듭나는 것도 꿈은 아니다.

그럼에도 쉽지 않다.

부자는 망해도 삼대를 간다는 말처럼 주천사인 하쉬말은 일반적인 천사와 '고갈'의 기준이 다르다. 아주 낮게 날며 이곳에 있는 모든 마수를 길동무로 삼겠다는 듯 마지막 발악을 시작했다.

"징그러운 년……!"

마족들도 혀를 내두를 끈질김이다. 떨어질 듯하면서 떨어지질 않았다. 지상에 낙하하면 더욱 위험하다는 걸 하쉬말도 알고 있는 탓이다.

지상에 특화된 온갖 마수가 그녀가 떨어지길 기다리고 있었다.

하지만 단 한 곳.

마수의 지배에서 벗어난 비좁은 공간이 있었다.

각성자들이 있는 장소다.

오래 날지는 못할 것이라 판단한 하쉬말의 눈에 고민이 스쳐 지나갔다.

그 고민의 원인은 바로 나다.

'뇌신의 주인. 어쩌면 마족이란 것까지.'

알아차렸을지도 모르겠다. 아니었다면 자신을 돕는 인간 각성자들을 여태껏 방치할 이유가 없다.

축복을 걸어주거나 회복을 시켜줬을 테지. 그러지 않았다는 건 어딘가 찜찜한 구석이 남아 있었기 때문이다.

'올 테냐, 하늘에서 최후를 맞이할 테냐.'

지금 하쉬말은 선택의 기로에 섰다.

여섯 개의 날개. 그것을 지탱하며 하늘을 날려면 막대한 신성력이 들어간다. 신성력을 아끼고 지상에서 싸우는 편이 하쉬말로서는 적을 하나라도 더 데려갈 수 있는 방법이다.

하지만 나를 마족으로 규정했다면 지상으로 내려올 리가 없다.

헷갈리긴 할 것이다. 뇌신을 이용해 마족을 공격하거나 인간들과 함께 천족을 돕는 모양새를 취했으니 말이다.

기대가 되었다.

과연 하쉬말이 나를 어찌 판단했을지.

하쉬말이 알아차렸을 땐 공중에서 처리한다. 하나 알아차리지 못했을 경우엔…….

이어 하쉬말이 움직였고 나는 슬며시 미소를 지었다.

"고, 공대장님. 천사가 다가오는데요?"

유은혜가 난리법석을 떨었다. 그 뒤에 껌딱지처럼 달라붙은 에드워드도 놀란 기색이었다. 아니, 굳이 둘만이 아니라 살아남은 모든 각성자가 그랬다.

"아!"

지상에 거의 하강한 하쉬말에게 거대한 불덩이가 작렬했다. 그것을 유은혜가 안타깝다는 듯이 바라봤다.

불시의 습격.

하쉬말이 비틀거리며 추락한다.

나는 지상을 딛고 공중으로 뛰어올랐다. 그리고 떨어지는 하쉬말의 몸을 받았다.

1초도 안 될 아주 짧은 시간. 하쉬말의 황금색 눈동자가 내게 향했다.

'적이냐, 아군이냐' 묻는 것만 같은 그 눈빛에 나는 옅은 미소로 화답해 주었다.

그러자 하쉬말의 굳은 눈매가 조금은 풀렸다.

"공대장님! 조심하세요!"

그때였다.

불현듯 유은혜가 소리를 내질렀다.

촤악!

촤르륵!

폭주한 M1과 M2가 주변의 마수를 미친 듯이 썰어대며 순식간에 다가오고 있었다.

마계 옥션에서 구매 당시 둘은 네모난 철판 상태였다. 하여 마족들도 쉽사리 두 존재의 정체를 떠올릴 수 없었다.

최상급의 마수와 비견되는 신체 능력치. 거기에 자신의 모든 것을 불사르는 '폭주'가 더해지자 마수들은 감히 적수가 되지 못했다.

하쉬말도 당황한 기색이다. 던전의 외벽을 지키던 M1과 M2가 이런 때에 나타날 줄은 예상하지 못했던 모양. 그 찰나의 당황이 최악의 틈을 만들었다.

두 은빛의 갑주가 지척에서 거대한 바스타소드를 들었다.

'찔러라.'

푸욱!

"아……!"

하쉬말이 단말마를 흘렸다. 나 역시 함께 꿰뚫렸다.

복부가 피로 물들었으나 나는 전혀 개의치 않았다.

'잘라내라.'

이어서 M1과 M2가 하쉬말의 양쪽 날개를 내려쳤다.

천사의 날개는 힘의 원천이다. 방어력이 뛰어나다. 주천사쯤 되는 하쉬말이라면 그 강도가 남다를 수밖에 없었다. 여태껏 온갖 공격을 맞고도 날개가 멀쩡한 게 그 영향이다. 하지만 폭주한 M1과 M2의 공격은 매서웠다.

여섯 개. 총 세 쌍의 날개가 단번에 잘려 나갔다.

"아아악!"

그 충격에 하쉬말이 나의 품 안에서 정신을 잃었다.

꿀럭!

피가 쏟아진다. 의도를 감추고자 실행한 연극이라고는 하지만 썩 좋은 기분은 아니었다.

"고, 공대장님!"

유은혜와 이지혜를 비롯한 대원들의 눈에 안타까움이 번졌다. 나는 다가오려는 그들을 손을 들어 제지했다.

"전장을 이탈하라. 천사들이 몰살당하면…… 마수들이 어디로 향할지 알 수 없다. 전열을 다듬고 공격에 대비하라."

남은 마수의 숫자가 많지는 않았다. 삼천 안팎.

M1과 M2가 폭주한 상태이고 내 던전의 마수들로 충분히 위협을 가할 수는 있을 테지만 모든 마족이 물러난다는 보장이 없다.

나머지 천사의 사냥이 끝나거든 일이 어찌 진행될지는 뻔하다. 굶주린 몇몇 마족이 명하여 인근을 쑥대밭으로 만들터. 그를 대비할 필요가 있었다.

이미 한국은 만신창이였다. 외국의 마수들이 유입되며 전의를 상실했다.

크라스라를 보낸다고 하더라도 다수의 죽음은 예정되어 있었다. 막기는 하겠지만 힘겨운 싸움이 될 것이다.

털썩!

하쉬말과 함께 바닥에 엎어진다.

수많은 마족과 마수가 쓰러진 하쉬말을 노리고 달려들자

M1과 M2가 막았다. 그리고 던전에서 리치가 다가오더니 나와 하쉬말을 어깨에 들었다.

"공대장님을 어디로 데려가는 거야!"

유은혜가 눈에 불을 켜며 뇌전이 서린 검을 겨눈 채 달려왔다. 그러나 리치는 상급 중에서도 레벨이 무척 높은 마수.

아무리 유은혜가 각성자치고는 강하다고 하나, 지금으로선 격이 달랐다.

퍼억!

리치가 든 지팡이에 가볍게 복부를 얻어맞은 유은혜가 바닥을 나뒹굴었다. 급히 에드워드가 부축하며 동시에 유은혜를 붙잡았다.

"에드워드! 놔! 이대로 공대장님을 보낼 순 없어!"

고삐 풀린 망아지처럼 유은혜가 몸을 비틀었다. 하지만 이지혜를 비롯한 대원들이 그녀를 억압한 뒤 고개를 저으며 강제로 끌었다.

탈출을 하려거든 지금이 마지막 기회였다.

저 은빛의 갑주가 날뛰고 있을 지금이 아니면 전장에서 몰살당하리란 사실을 모두가 알았다. 애석하기 그지없으나 냉정히 판단할 필요가 있었다.

천사의 대장으로 보이는 여인의 날개가 찢겼다. 천사들의 패배가 확정되었다. 이제 남은 건 1초라도 빨리 대비하는 것뿐이다.

유은혜가 악바리를 써댔지만 혼자서 여럿을 당하진 못한다. 결국 각성자들은 빠르게 자리에서 물러나기 시작했다.

그 장면을 가만히 바라보던 리치가 던전 방향으로 이동했다.

"썩을 리치야! 하쉬말을 내놔라!"

"얌체 같은 놈! 우리가 사냥한 걸 마지막에 낚아채 가겠다는 거냐!"

그것을 가만히 지켜볼 마족들이 아니다. 상급의 골렘 다수가 더 지원하였다.

그 사이에서 리치가 말했다.

"나머지…… 천사들은…… 알아서 나눠라. 우리의 던전 마스터께서는 오로지 하쉬말 하나만 원한다."

언뜻 들으면 비명과도 같은 목소리. 찢어진 음성이 마족들의 귓가를 후벼 팠다.

시체가 즐비한 이곳에서 리치는 더욱 강력해진다.

콰콰콰쾅!

지팡이를 들어 '시체 폭발' 스킬을 마구 흩뿌렸다. 대지가 요동쳤다.

"천사를 모두 사냥하거든…… 꺼져라! 우리의 던전 마스터께서는…… 너희가 던전 앞에서 날뛰는 걸 반기지 않는다."

델라트가 이를 부드득 갈며 나섰다.

"이곳의 던전 마스터가 누구인지는 모르겠지만 실수하는

것이다! 대공 판데모니엄께서는 결코 이번 일을 좌시하시지
않으리라!"

"그흐흐……. 전면전을 벌이겠다면…… '우리'도 가만히 있
지 않겠다. 하지만…… 그다지 추천하고 싶지는 않군……."

밝혀지지 않은 신비는 때때로 강력한 힘을 발휘한다.

한국의 던전 마스터가 누구인지 알아보고자 온갖 공작이
시작될 건 불 보듯 뻔하지만 그 진실이 밝혀지기 전까지 마
족들은 쉬이 움직일 수 없는 것이었다.

파벌과 파벌이 전면전을 벌이면 그 끝이 좋지 않을 것은
당연지사. 남은 두 대공만 득을 보는 일이었다. 고작 3년 차.
확실한 우위를 점하지 않는 이상 섣불리 움직일 대공은 없다
고 단언할 수 있었다.

"이노옴……!"

후작 델라트가 몸을 부들부들 떨었다. 그는 역천사 한 명
을 사냥하는 데 성공하여 백만 포인트 이상을 벌어들였다.
그러나 눈앞에서 대어를 놓치니 아쉬울 수밖에 없었다.

이런 일이 있을까 싶어서 최대한 빠르게 하쉬말을 죽이려
했건만 죽 쒀서 개 준 꼴이다. 하쉬말의 체력과 신성력을 방
전시킬 수는 있었지만 결국 가장 중요한 '마지막 타격'을 하
지 못했다. 계산의 착오다.

리치가 움직이기 시작했다. 다수의 상급 골렘이 그 주변을
호위했고 이내 던전 안으로 입성하는 데 성공하였다.

던전 안으로 들어온 뒤 즉시 포션을 상처에 부었다. 기포가 일어나며 빠르게 상처가 아물었다. 피가 부족해 잠시 현기증이 났지만 나락군주의 심장이 미친 듯이 날뛰며 나머지 분을 채웠다.

'번거롭군.'

쯧.

작게 혀를 찼다. 의심의 눈을 피해 던전에 들어오려거든 이 수가 최선이었다. 한동안 던전은 마족들의 주요 감시 장소가 될 것이었다. 물 흐르는 것처럼 자연스러운 방법이 당장 이외에는 없었다.

"성공적인 귀환을 축하드리옵니다."

크리슬리가 두 걸음 옆에서 한쪽 무릎을 꿇은 채 대기하고 있었다. 나는 흡족한 미소 지었다.

"크리슬리, 너의 공이 컸다."

내가 외부에서 활약하고 있을 때, 크리슬리는 내부에서 천사를 막았다. 그것도 아주 성공적으로. 1,500여 마리의 마수 중 6, 700 정도만 남아도 성공이라 여겼는데 무려 천 이상을 남긴 것이다. 그게 영향을 끼쳐서 마족들을 압도할 수 있었다. 아니었다면 충돌이 벌어져도 몇 번은 벌어졌을 것이다.

"하오나…… 나의 던전 마스터시여. 천족 한 명을 놓쳤나이다. 15층, 근원의 나무 앞에서 죽은 것을 확인했지만 이는 저의 불찰입니다."

크리슬리는 솔직했다.

이 솔직함이 그녀의 장점이다. 적어도 내게 한해서 크리슬리는 모든 이야기를 가감 없이 하려 한다. 의식을 함께 치르며 크리슬리가 나를 영혼의 동반자로 여기고 있었기 때문이다.

공치사를 하지 않고 자신의 죄를 먼저 말하니 나로서는 기꺼울 따름이었다.

당연히 고개를 내저었다.

"한 명을 놓쳤다지만 최상층까지 도달하지 못하고 죽었다면 크게 의미가 없다. 그보다…… 너에게 상을 내리고 싶다만, 바라는 바가 있나?"

크리슬리의 표정이 단번에 심각해졌다. 아주 조심스럽게 그녀가 입을 열었다.

"나의 던전 마스터시여, 다크 엘프의 숫자를 늘려주실 수 있겠습니까?"

개인적으로 바라는 것을 말했으면 싶지만 크리슬리의 성격상 어려울 것이다.

'다크 엘프의 숫자라.'

나는 턱을 쓸었다.

확실히 여러 전장에서 소모되며 숫자가 크게 줄었다. 지금 남은 다크 엘프의 숫자는 30가량. 근원의 나무를 돌보고 따로 일을 시키려면 숫자를 늘릴 필요가 있었다.

"건장한 다크 엘프 150을 내려주마."

"그, 그렇게나 많이는 필요 없습니다."

크리슬리가 당황했다. 손사래를 쳤다. 150의 다크 엘프를 추가하는 데 들어가는 포인트가 상당하다는 걸 그녀도 알았다. 하지만 크리슬리의 공은 이를 상쇄하고도 남음이었다.

"그간 나를 따른 보상이라 생각하라. 따로 공을 세운 이가 있거든 추천해도 좋다. 충분히 보상하겠다."

전생이었다면 결코 내뱉었을 리 없는 발언.

그러나 지금은 다르다. 혼자서는 한계가 있다는 걸 깨달았고 적어도 내 휘하의 누군가가 공을 세웠다면 상을 내릴 아량은 되었다.

"그럼……."

잠시 고민한 크리슬리가 몇몇 마수를 추천했다. 사심 없이 객관적으로 판단했는지 '무슨 공을 세웠다'는 점을 상세하게 말해주었다.

들어보고 상을 내릴 만하다 싶으면 상을 내렸다. 덕분에 논공행상은 그리 오래 걸리지 않았다.

"입구를 철저히 방비하고 마족들의 움직임을 주시하라. 외부의 마수들이 특이한 행동을 보이거든 내게 보고하도록."

이 말을 끝으로 몸을 돌려 발걸음을 옮겼다. 하쉬말을 어깨에 진 리치가 그 뒤를 따랐다.

"아이야, 빛은 어디에나 존재한단다. 그리고 너는 그 빛을 인도하는 자다. 결코 어둠에 물들지 말지어다. 어둠을 정화하고 빛을 잉태하는 것이 너의 역할이다."

천사는 알에서 태어난다. 하쉬말이 알을 깨고 나왔을 때 천계의 왕은 그렇게 말했다.

중급의 위계. 그중 가장 높은 자리, 주천사라는 막중한 책임을 태어날 때부터 등에 지었다.

쉬지 않고 교육을 받고 기술을 연마했다. 신성력은 고유의 것이지만 그것을 이용하는 건 오로지 본인의 몫이었다.

간혹 다른 천사들이 전해 주는 중간계의 이야기는 달콤하기 그지없었다. 자신도 언젠가 꼭 한번 가 보고 싶다고 생각했지만 현실은 호락호락하지 않았다.

하쉬말에게 주어진 임무는 고난이도. 일반 천사가 할 수 없는 일이었고 그 대부분이 마계와 관련되어 있었다.

꿈, 희망과 같은 그런 달콤한 감정 따위를 느끼는 건 불가능한 장소······.

몇 차례 차원 게이트를 통해서 마계의 원정을 떠났다. 그리고 돌아올 때마다 중요한 무언가가 마모되어 감을 느꼈다.

마족은 철천지원수이며 마계는 반드시 토벌해야 할 곳이라는 생각만이 머리를 가득 채울 때쯤. 하쉬말은 주천사로서

훌륭한 모습을 갖추게 되었다.

"다중 차원의 인과율이 파괴되었다. 하지만 이 거대한 파괴의 발산지는 마계다. 천사들을 이끌고 조사를 진행하라."

천왕의 명에 따라 하쉬말은 자신에게 주어진 천사 부대를 이끌고 차원 게이트를 넘었다. 하지만 어찌 된 일인지 도중 코드가 변경되어 전혀 알 수 없는 장소에 떨어졌다.

마계가 아니다. 중간계인 것 같지도 않다.

'아예 다른 차원이다. 그런데 가까이에서 느껴지는 이 거대한 마력은 무엇이란 말인가?'

생전 처음 보는 장소에 당황한 것도 잠시. 막대하고 불순한 기운이 느껴지는 장소가 존재했다. 가까이 다가가 확인하니 그제야 알 것도 같았다.

'마족들이 수작을 부리고 있구나.'

던전을 파괴하기 시작했다. 하지만 외벽의 배리어는 단단하기 그지없었다.

주천사의 신성력과 수백의 천사가 합공을 했음에도 쉽지 않다니. 이 장소의 정체가 더더욱 궁금해지는 순간이었다.

그러나 던전의 파괴는 이루어지지 않았다. 머지않아 다수의 마족과 마수가 모습을 드러낸 탓이다.

역시 여기서 마족들이 무언가 수작을 부리고 있다. 그것을 알게 된 이상 두고 볼 수는 없었다.

쉽지 않음을 직감했지만 하쉬말은 거침없이 움직였다.

죽이고 또 죽였다.

이틀을 내리 싸우며 수천의 마수를 몰살시켰다. 그리고 신성력이 고갈된 후 누군가의 품에 안긴 채 날개를 잃었다.

"아!"

자리에서 벌떡 일어났다.

식은땀이 줄줄 흘렀다.

악몽인가?

등 뒤를 만진다.

'없다.'

날개가…… 없다.

꿈이 아니라는 뜻.

지독한 현실이다.

신성력의 원천인 날개를 잃었으니 이것을 회복하려면 수년, 어쩌면 수십 년이 소모될지도 모른다. 한데 검에 찔린 자상은 깔끔하게 나아 있었다.

앞뒤를 끼워 맞춰봤지만 쉽게 정리가 되지 않았다. 날개를 잃은 뒤 그 충격으로 정신을 잃은 건 분명했다. 마수들과 마족이 판을 치는 중간 지점이었으니 살아 나온다는 것 자체가 말이 안 된다. 육신은 죽고 혼은 환생의 굴레에 들어가야 정상이었다.

이곳은?

땀을 닦은 뒤 주변을 둘러본다.

푹신한 침대, 시원한 바람, 이상한 땅굴 같은 장소.

나무 의자에 앉아 책을 읽고 있는 한 남자.

마침 책을 덮은 남자가 차갑게 웃었다.

"구면이라고 해야 하나? 어쨌든 다시 봐서 반갑군."

하쉬말의 얼굴이 어그러진다.

현재는 가면을 쓰고 있지 않았지만 마력의 본질적인 향을 맡을 수 있는 그녀이니 내가 누구인지 단번에 파악한 것이다.

"……."

하지만 쉽게 입을 열지는 않았다.

나는 그 이유를 짐작하곤 어깨를 으쓱했다.

"날개가 없으면 천사들의 '통신'도 안 되지 않나?"

천사의 날개는 단순한 신성력의 보고가 아니다. 천사들이 말을 하지 않아도 서로의 뜻을 짐작할 수 있도록 만들어주는 중요한 대화 수단이었다. 일종의 텔레파시인데 날개를 잃은 하쉬말은 당연히 그것을 사용하지 못한다.

"정체가 무엇이냐."

자신의 실수를 깨달은 하쉬말이 작고 묵직하게 말했다.

당황한 기색은 없었다. 하기야 고작 이런 일로 당황할 정도면 주천사의 이름이 운다.

고운 음색. 천사들의 음성은 '사이렌'에 비견될 수준으로 아름답다. 노랫소리로 뱃사람을 유혹하는 마수. 하지만 값어치는 사이렌과 비교가 안 된다. 특히 하쉬말의 목소리는 귀에 착착 감기는 것이 듣는 이로 하여금 자연스럽게 집중토록 만든다.

마계에선 몇몇 높은 계급의 마족이 천사의 날개를 자르고 새장에 가두어 기른다는 소문이 있었다. 자아를 없앤 뒤 하루 종일 노래만 하게 만든다는 것이다. 그러면 수명이 극도로 짧아져 1년을 넘기지 못하는 경우가 부지기수라던가.

별 고상한 취미도 있다고 생각했지만 하쉬말의 목소리를 들으니 납득이 되었다.

"무엇일 것 같은가?"

"이곳의 마력은 무척이나 불쾌하다. 던전의 안인 듯싶은데…… 너는 마족인가?"

강한 적대심.

각성자들과 함께하고 있을 때는 반신반의 했었지만 여기가 던전임을 확신하고 나를 마족으로 규정한 모양이다.

"아니라고 할 수도 없군."

허심탄회하게 말하자 하쉬말의 고운 이마가 찌푸려졌다.

"아무래도 상관없다. 대체 무엇을 하려는 것이냐? 모두를 속이고 내 날개를 자르고…… 그런 '연극'을 벌인 이유를 도무지 모르겠다."

조금 놀랐다.

각성자들의 틈바구니에 섞인 것. 천족을 돕는 척 마족을 공격한 것. M1과 M2를 움직여 동시에 관통당한 것 등등을 순식간에 깨우친 듯싶었다.

'처음 작전은 안 쓰길 잘했어.'

여러 고민을 했다. 하쉬말이 내가 마족임을 확신하지 못하고 있다면 함께 던전 안에 갇힌 인간 각성자를 연기해서 환심을 살 작정이었으나 지금의 하쉬말을 보자니 씨알도 먹히지 않았을 것 같았다. 떠올린 즉시 폐기한 게 답이었다. 애당초 내 성격으로는 불가능한 성질이었고.

"하쉬말이여, 간단하다. 나는 이 행성에서 정상적으로 등장한 마족이 아니기 때문이다."

그다지 어려운 질문은 아니었는지라 가볍게 답해주었다.

하쉬말의 의문은 더욱 깊어졌다.

"정상적인 마족이 아니다?"

"궁금한가? 하지만 나 혼자 답을 하기엔 형평성이 맞지 않다. 서로 질문을 하나씩 번갈아 가면서 주고받는 건 어떤가?"

"마족과는 타협하지 않는다."

혀를 찼다. 하긴 천사들은 벽창호다. 마족과 관련되면 아주 학을 뗀다. 그것은 대부분의 마족도 마찬가지였다. 나야 태어나서부터 전장을 굴렀으니 그 정도가 약할 뿐이다. 하지만 천적으로서의 적대감이 약간은 있었다.

'설득학을 읽은 게 소용이 없겠군.'

물끄러미 한 손에 쥔 책을 내려다본다. 상대를 설득시키는 방법이 적힌 책으로 제법 유용한 내용이 많았다. 그런 방면에 약한 내겐 도움이 되었다. 문제는 하쉬말이 설득이 통할 상대가 아니라는 것이다.

모든 걸 부정하는데 설득이고 자시고 필요가 없었다.

"하쉬말, 애당초 그대들이 향한 곳은 이곳이 아닐 것이다. 아니 그런가?"

"……"

하쉬말은 긍정도 부정도 하지 않았다. 차원 게이트를 통해 마계로 들어가려 하였으나 나타난 장소는 전혀 다른 곳이었다. 이에 처음에는 당황했으나 불순한 마력의 결정체, 던전의 존재를 감지하고 공격했다. 그리고 지금 하쉬말은 그 불순함 속에 있었다.

"이곳이 어디인지, 마족들이 이곳에서 무엇을 하고 있는지…… 알고 있나?"

전생에서의 경험을 토대로 한 추측이다. 하지만 확신에 가까운 추측이었다. 이 지구가 '마왕을 만들기 위한 각축장'임을 알았다면 처음부터 확실하게 끝장을 내려고 대규모 침공을 가했을 것이었다. 4명의 대공을 동시에 끝장낼 수 있는 절호의 기회니까.

한데 그러지 않았다. 몇 번이나 정찰하듯 간을 봤다. 이번에는 어쩐지 그 시기가 앞당겨졌지만 하쉬말은 일종의 정찰

조였다. 제대로 된 내용은 전혀 모르고 있을 가능성이 농후했다.

여전히 대답이 없는 하쉬말에게 비웃음을 날렸다.

"그렇다. 그대는 아무것도 모른다. 그런 주제에 오로지 나라는 존재 하나만을 가지고 모든 걸 재단하려 하고 있다. 심지어 그마저도 제대로 모르지. 참으로 우스운 일이다."

"궤변을."

"궤변이 아니라 사실이다. 차원 게이트를 통해 처음 나타났을 때, 그대는 보았을 것이다. 주변으로 펼쳐진 높은 구조물과 드워프조차 흉내 낼 수 없는 견고한 물건들을! 이곳은 중간계도, 마계도, 천계도 아니다. 전혀 다른 장소, 전혀 다른 차원인 것이다. 그리고 또한 보았을 것이다. 이 전혀 다른 차원에 모인 수많은 마족과 마수를 말이다."

"타 차원에 간섭하는 건 금기시된 일. 천계를 피해 필시 나쁜 작당이라도 꾸미고 있을 것일 테지."

"나쁜 작당이라……. 우선 하쉬말, 그대에게 한 가지 진실을 알려주마. 이 행성의 마족들은 인간의 멸망을 원한다. 아리엘, 우파, 판데모니엄, 오쿨루스. 마계의 모든 대공과 그들의 파벌이 모여서 합작을 하고 있지. 그리고 나만이 유일하게 인간이 멸망하지 않기를 바란다. 오히려 인간들이 마족을 상대할 수 있도록 도움을 주고 있다."

어차피 하쉬말이 천계로 돌아갈 확률은 0에 수렴했다. 내

가 쉽게 이야기를 해준들 그것이 천계에 전해질 일은 결단코
없었다.

"그래서 정상적인 마족이 아니라고 한 것이냐? 다른 마족
들과 다르다고? 그야말로 웃기는 말이다. 마족은 마족이다."

"대체 마족의 정의가 무엇이지?"

"불쾌한 음의 마력. 그 존재 자체가 어둠인 자들. 그런 이
들을 마족이라 부른다."

"하하! 확실히 마족은 어둠에 길들여져 있기는 하지. 하지
만 하쉬말이여. 그 한 가지 특색만 보고 존재를 정의한다면
지금의 너는 천족이 아니다. 나는 적어도 날개 없는 천사가
있다는 이야기를 들어본 적이 없다."

"없는 게 아니라 잃은 것이다. 네놈이 그리 만들지 않았
더냐."

"그것을 다른 이들도 똑같이 생각할까? 날개가 없어서 신
성력을 사용할 수 없는 지금의 그대는 조금 강한 인간과 다
를 바가 없다. 아니, 영락없는 인간이로군."

"아까부터 진실을 호도하는 이유가 무엇이냐. 나를 능멸
하려는 셈이냐? 마족의 고상한 취미에 어울려 줄 생각은
없다. 죽여라!"

확고한 의지가 느껴졌다.

미간을 짚었다. 역시, 이런 식으로 말하는 건 내 성미에
맞지 않다. 나와는 전혀 어울리지 않는 일이다.

단도직입적으로 말했다.

"내 밑으로 들어오라."

"말했을 것이다. 마족과는 타협하지 않는다고……!"

"후! 조금만 보는 관점을 옮겨도 이것이 천계에 아주 큰 득이 되는 일임을 깨달았을 것일진대."

작게 한숨을 내쉬고 이어서 말했다.

"마계의 모든 대공이 이곳에 모였다. 그리고 나는 그들과는 전혀 다른 방식으로 내 존재를 증명하려는 이다. 이 뜻을 모르지는 않을 터. 마냥 나를 멀리하고 적대하는 게 진정으로 그대와 천계에 득이 되는 일일까?"

"마족을 따른다 하여 득이 될 건 무어란 말이냐?"

"모든 대공과 그들의 측근들이 이 차원에 모여 있다. 이곳의 마족들만 쓸어도 그대는 아주 혁혁한 공을 세우는 것이다."

하쉬말의 눈이 내게로 향했다.

대공이 모두 모였다는 의미를 곰곰이 생각하는 모양새였다.

진실이라면 그녀의 사명은 당연히 이 행성을 마족으로부터 구제하는 것이었다.

"애당초…… 대공들이 이곳에 모인 이유가 무엇이냐? 무슨 이유로 그들이 타 차원의 인간을 학살하려 하는가?"

"오랜 시간 공석이 된 마왕의 자리. 슬슬 때가 되었다고 판단하고 자리를 옮긴 것이다. 조건은 아주 간단하다. 더 많은 인간과 그들의 영토를 파괴하면 되는 일이지."

"마왕의 자리를 그런 장난 같은 일로……."

처음부터 마신이 제안한 것이지만 '신'의 이야기는 되도록 하지 않는 편이 좋다. 도리어 의심하고 믿지 않을 가능성이 농후했다.

"누군가에겐 장난처럼 여겨질 수도 있지만, 또 누군가에겐 필사적인 일이 될 수도 있다. 마계는 마왕의 자리를 두고 너무나도 오랫동안 전쟁을 해왔다. 어떠한 방식으로든 그 결말을 낼 필요가 있었지."

가만히 하쉬말의 양쪽 눈을 들여다보았다. 황금색의 눈, 그 안의 잔잔한 호수에 조금이지만 파장이 일고 있었다.

천천히 입을 열었다.

"하쉬말이여, 나는 홀로 걷는 자. 어느 대공의 파벌에도 소속되어 있지 않다. 들어갈 생각 자체도 없다. 왜냐하면……."

눈빛을 더욱 강하게. 주먹을 꽉 쥐었다.

"내가 죽이는 건 마족이다. 이 행성에 존재하는 모든 마족을 사냥할 사냥꾼이 바로 나다. 그리하여 오롯이 마왕의 자리에 오르리라."

입꼬리를 말아 올리며 지나가는 투로 말했다.

"이것은 그대에게 주는 기회이기도 하다. 모든 마족을 죽인 뒤 마왕이 되려는 날 막을 수 있는 유일무이한 기회를 말이다. 조금 더 넓게 보고 판단하라. 내 말의 진실성과 주변의 상황을 여겨볼 시간 정도는 주마. 잘 생각해 보는 편이 좋을 것이다."

이후 나는 몸을 돌려 방을 빠져나갔다.

하쉬말이 던전에서 자유롭게 행동하도록 제약을 풀었다.

어차피 그녀는 날개를 모두 잃은 상태. 상급 마수급의 힘을 발휘하긴 하겠으나 크게 위협이 될 수준은 아니었다.

정히 막 나가겠다면 하쉬말을 없애고 500만 포인트를 획득하면 그만이다. 그러나 나는 그녀가 타락하여 전력에 보탬이 됨과 동시에 그로 인해 얻을 업적을 기대하고 있었다.

'어느 마족도 하지 못한 일.'

무엇보다 천족을 타락시켜 휘하에 두는 건 아무도 이룩하지 못한 일이다. 전생에서조차도 마찬가지다. 신화에나 등장하는 경우였다. 심장이 빠르게 뛰었다.

천족을 타락시키려는 시도가 아예 없지는 않았다. 하지만 모두 실패했다. 성공한다면 아직 찾지 못한 길이 여럿 발견될 터였다. 그리고 그중 하나가 나만의 길이 될 것이었다. 그러기 위해선 최소한 하쉬말 스스로가 납득할 만한 시간이 필요했다.

'보다 자세한 이야기도 들을 수 있을 테지.'

천계에서의 침공이 앞당겨졌다. 무슨 일이 일어나고 있는

지를 조금이나마 들을 수 있을지도 모른다.

앞으로 일어날 천계의 침공에 그녀를 이용할 수도 있다. 대비하거나 천계의 전력을 자세히 듣거나 하는 게 가능해지겠지. 주천사인 그녀만큼 천계의 일에 정통한 이는 적어도 이곳에는 없었다. 여러모로 하쉬말을 타락시키면 기대되는 점이 많았다.

나는 턱을 쓸었다.

'차원 게이트를 통해 넘어온 천사들은 마족을 모두 죽이기 전까지 천계로 돌아갈 수 없다.'

전생에서 밝혀진 사실.

이곳으로 넘어온 천사들은 던전을 점거하고 '신성지대'를 만들어서 마족에게 저항했다. 하지만 단 한 명도 천계로 다시 넘어간 천사가 없었다. 정보 조달, 지원 따위가 전무했으니 거의 기정사실과 같았다.

'그대로 죽음을 맞이할 것이냐, 고집을 꺾고 발악이라도 해볼 테냐.'

거절하는 순간 자신이 죽을 것이라는 걸 하쉬말이 모를 리 없었다. 하지만 그대로 죽으면 그야말로 개죽음이 따로 없었다. 무엇 하나 제대로 이루지 못했으니 말이다. 그러지 않으려면 고집을 꺾고 나를 따르는 것 외에 방법은 전무했다.

그러는 사이 시간은 흘러갔고 내 던전을 모두 둘러본 하쉬말은 '근원의 나무'에 호기심을 보였다. 물론 그 이상의 반응은 보이지 않았다.

대신 그녀는 던전 바깥으로 나가기를 청했다. 바깥에서 일어나는 일을 확인하고 내 말이 진실인지 직접 보겠다는 것이다.

쉽지 않은 제안이었다. 아직 던전 바깥에서 이곳을 주시하는 마족이 많았다. 그들을 속이고 지나가려면 어지간한 수로는 안 된다. 하지만 그 문제는 의외로 간단히 해결되었다.

'일본의 던전을 통해서 나가면 되겠군.'

그렇다. 일본의 던전으로 통하는 공간 이동진이 있었다. 약간의 변장과 은신할 수 있는 마법 아이템을 추가로 넘긴 뒤 크라스라를 대동시켰다.

때아닌 세계 일주가 시작됐다. 시간을 많이 줄 수는 없어서 일주일 내로 돌아오길 명했다.

그리고 하쉬말은 정확히 일주일 뒤 모습을 드러냈다.

하쉬말은 굉장히 혼란스러운 얼굴을 하고 있었다. 표정에는 크게 변화가 없었으나 눈동자가 흔들렸다. 작은 파장이 걷잡을 수 없게 커졌다.

다른 던전을 확인하고 강력한 마족들의 존재를 직접 목격한 것이리라. 더불어서 그들로 인해 철저하게 망가지고 있는 세계의 모습도 보았겠지.

아직은 늦지 않았다. 방치하면 직무 유기다. 아예 안 보았다면 모를까 이대로 죽음을 받아들이는 건 있을 수 없는 일이었다.

그녀는 고집이 강했으나 그 본업은 천사였다. 어둠에 짐기는 세상에 빛을 가져다줘야 할 사명을 등에 업고 있었다.

한참이나 나와 대치하던 하쉬말이 힘겹게 입을 열었다.

"결코 마족을 따르는 것이 아니다. 모든 마족을 멸할 것이고 그 안에는 그쪽 또한 포함되어 있음을 잊지 말라."

피식.

웃고 말았다.

Chapter 26

업적 상점

Dungeon Hunter

하쉬말은 고민했다. 온갖 혼란 속에서 고뇌하고 숙고하며 결정을 유보했다. 저 이상한 마족은 자신과 함께 다른 마족을 멸하자 말한다. 개중에는 마계를 주름잡던 네 명의 대공 또한 포함되어 있었다.

내심 거짓말인 줄 알았다. 그녀는 주천사. 마계의 정보에도 나름 빠삭한 편이었다. 최선으로 말살해야 할 가공할 존재가 대공이란 자들이었다. 하지만 자신들만의 성에서 모습을 드러내지 않기로 유명해 그녀도 자세한 신상은 파악하지 못했다.

'우선…… 이곳을 파악하자. 타 차원에 이런 던전이 존재한다는 이야기는 천계에 없었다. 최대한 자세하게 알아볼 필요가 있다.'

하쉬말은 사태의 심각성을 인지했다. 저 이상한 마족의 말이 사실이라면 이번 일은 결코 간단하지 않다. 불쾌하기 짝이 없는 장소지만, 마족 따위에게 볼모로 붙잡힌 신세지만 그보다는 주변의 모든 것을 머릿속에 담는 게 먼저였다.

이상한 마족.

랜달프 브뤼시엘이라 하였던가.

그는 자신에게 자유를 주었다. 적어도 던전 내부를 마음껏 돌아다닐 수 있도록 제한을 풀었다. 멍청한 것인지, 오만한 것인지, 그도 아니라면 다른 의도가 있는 것인지는 모르겠으나 움직일 수 있는데 가만히 있는 것도 이상한 노릇이다.

하쉬말은 적극적으로 던전의 내부를 탐사했다.

'이 던전은 마치 하나의 생태계를 보는 것 같다.'

가장 밑바닥에서부터 던전을 훑었다. 저급하기 그지없는 마수들이 판을 치고 있었는데 자세히 보니 하나의 생태가 조성되어 있었다. 놀라울 따름이다.

마수의 수준을 파악해 절묘하게 천적 관계를 형성했다. 숫자가 일정하게 유지되고 생명의 순환이 무척이나 빠르다. 아예 부락을 형성한 마수들도 있었다. 호수 근처에 자리를 잡은 뒤 아주 조금이나마 '문명'을 형성한 오크 부락을 발견했을 땐 시선을 옮기지 못한 채 한참 동안 바라봤다.

오크 샤먼을 주축으로 자신들만의 신을 섬기며 발전된 도구를 이용한다. 던전의 특성상 여러 종족이 사용하는 물건들이 지천에 널렸기 때문이리라. 그러한 것들을 모아온 뒤 자신에게 맞도록 개량하는 작업을 거친다.

어른들은 사냥을 했고 아이들은 그들의 기술을 배운다. 어미는 부락에 남아 새끼를 돌보았으며 제사장은 중요한 일의 결정을 내린다.

오크만이 아니다. 조금이라도 지성이 있는 종족이라면 그 수준에 차이는 있으나 어김없이 위와 같은 행동을 보였다.

'놀라운 장면은 아니다. 그러나 이곳은 던전. 어둠의 중추가 아닌가.'

물론 일반적인 장소에서 지성을 가진 존재가 문명을 이룩하는 건 놀라운 장면이 아니다.

하지만 보통의 던전이라 함은 강력한 어둠의 힘이 똘똘 뭉친 장소에 만들어진다. 각종 흑마법 등을 설치해서 그곳에 들어온 마수는 자아를 상실하거나 본능에 충실해지게 마련이다. 무언가 건설적인 생각을 하는 것은 불가능하다.

그런데 이 던전은 전혀 다르다. 불쾌한 마력은 비슷하지만 그게 마수에게 큰 영향을 끼치진 아니한다.

오히려 마수들의 발전을 기원하는 양 모든 게 준비되어 있었다.

적절한 환경, 풍부한 먹이, 균형 있게 짜 맞춰진 마수 간의 먹이사슬. 모나거나 모자람 없이 조화가 잘 이루어져 있었다.

그렇다면 이곳을 던전이라 정의할 수 있는 것일까? 오히려 또 하나의 생태계라 봐야 하지 않을까?

하쉬말은 혼란스러웠다.

'공동체를 이룬 드워프. 서로의 영역을 지키는 중급의 사나운 마수들. 지금까지 내가 본 게 거짓이 아니라면 이곳은 시간이 지날수록 더욱 강대해질 것이다.'

이만한 크기의 던전을 본 것도 처음이었고 던전 안의 모든 생명체가 이처럼 활발하게 활동하는 모습을 본 것도 처음이었다.

보통의 던전은 부족한 게 많다. 애당초 생명체가 살아갈 여건을 전혀 고려하지 않고 만들어진 게 태반이다. 그저 짐승처럼 싸우고 먹으며 힘겹게 생을 영위해 나갈 따름이었다.

이곳은 아니다. 성장할 원동력이 존재했다. 모든 제반이 갖춰져 있으니 시간이 지나면 무시하지 못할 전력이 완성될 것이었다.

'랜달프라는 마족이 이 생태계를 형성한 데 관여해 있는 것일까? 이만한 조화를 꾀하려면 어지간한 노력으로는 불가능했을 터……. 하물며 그 존재가 마족이라면.'

아무리 생각해도 이상하다. 처음부터 이런 식으로 짜여 있었다면 모르겠지만 보고 또 봐도 이 던전이 형성된 시간이 그리 오래 지나진 않은 것 같았다.

꾸준한 관리가 지속적으로 행해지고 있는 흔적 또한 곳곳에 남아 있었다.

엄청난 관심. 온갖 노력이 필요한 일.

하나 마족이라는 종족은 세심하지 못하기로 유명하다.

과연, 정상적인 마족이 아니라던 그 말이 조금씩 와 닿았다.

'위로 올라갈수록 범접하지 못할 기운이 느껴진다. 하나는 던전의 코어일 것이고, 하나는…… .'

하쉬말은 움직였다. 주변의 모든 것을 하나도 놓치지 않고 눈에 담은 뒤 던전을 올랐다. 마침내 15층에 도달했을 때 그녀는 놀라운 광경을 목격했다.

"근원의 나무……!"

이렇게 놀란 게 언제쯤인지.

천계에도 근원의 나무가 한 그루 있었다. '처음이자 마지막 나무'라고 불리는 그것은 천왕이 직접 관리하며 아무나 다가갈 수 없다. 그보다 작고 기운도 약하지만 눈앞에 존재하는 이것은 분명히 근원의 나무가 맞았다.

나무의 근처에는 무덤이 하나 놓여 있었다. 대충 흙을 파서 덮은 모양새에 나무 푯말 하나만 덩그러니 있었는데 푯말에 적힌 '천사님'이란 글자가 인상적이었다.

불현듯 누군가가 막아섰다.

"멈추세요. 나의 던전 마스터께서 허락하셨다고는 하나, 근원의 나무는 제 책임 관할에 있습니다. 이 이상 근원의 나무에 접근하는 건 용납하지 않겠습니다."

다크 엘프의 여인, 크리슬리였다.

하쉬말은 손을 미약하게 떨며 물었다.

"누가…… 누가 저곳에 천사를 묻었느냐?"

"던전 코어의 요정님께서 묻으셨지요."

"아아! 그 요정이란 자를 볼 수 있겠느냐?"

"지금 이 자리에는 안 계십니다. 용건이 있다면 전해드리
겠습니다만."

크리슬리가 고개를 갸웃했다.

하쉬말은 묘하게 흥분한 상태였다.

"근원의 나무 아래에 묻히는 건 모든 천사가 소망하는 일
이다. 비록 적대적인 관계에서 공격을 감행했다고는 하지
만…… 고마움을 전하고 싶다."

그랬던가?

몰랐던 사실 하나를 깨달은 크리슬리가 가만히 납득했다.

무덤을 방치한 건 근원의 나무가 그 양분을 유독 잘 빨아
들여서다. 천사의 시체가 근원의 나무와 연관이 있는 것인지
고민할 찰나 하쉬말이 나타나 해답을 내려준 것이다.

"전해드리겠습니다. 그리고 나머지 천사들도 이곳에 묻어
드리죠."

"그, 그래도 되겠느냐?"

"어려운 일이 아니니까요."

크리슬리가 굳은 표정을 풀고 미소 지었다.

던전 마스터께서 하쉬말을 휘하에 들이고 싶어 한다는 걸 크리슬리는 알고 있었다. 양분으로 사용하고 점수도 딸 수 있다면 일거양득이었다.

"고맙다."

한시름 덜은 듯 하쉬말이 숨을 크게 내쉬었다. 천하의 하쉬말이라도 자신의 부하들이 죽은 일이 아무렇지도 않은 것은 아니었다.

"그 고마움은 나의 던전 마스터에게 전하십시오."

"그것은…… 생각해 보겠다."

마족은 마족이란 인식이 깨지진 않았다. 그나마 생각을 해 보겠다고 발언한 것만으로도 장족의 발전이었다.

이후 한참 동안 근원의 나무를 쳐다보았다.

'근원의 정령이 안 보이는구나.'

아직 덜 자라서일까?

근원의 나무에 대해서 자세히 아는 이는 천왕뿐이다. 가볍게 넘어간 하쉬말이 던전 탐사를 재개했다.

빈 층이 많았지만 최상급 마수인 그리핀, 기간테스를 보곤 한 번 더 놀랐다. 아쉽게도 던전 코어 근처에 들어갈 순 없었지만 던전이 어찌 돌아가는지에 대해선 대강 파악이 끝났다.

'던전이 이곳에만 있지는 않을 것이다.'

하쉬말은 던전을 빠져나가길 소망했다. 더욱 넓은 시야에

서 모든 걸 바라보고 싶었다. 언질은 했으나 크게 기대는 안
했건만 의외로 랜달프라는 마족은 자신이 던전 바깥으로 빠
져나가는 걸 시원하게 허락했다.

크라스라가 붙기는 했으나 개의치 않았다.

그리고 일주일간 지구를 돌았다. 은신 상태에서 파이록을
타고 이동하니 그 속도가 제법이었다. 오히려 시간이 남
았다.

하여, 다른 던전 안으로 들어가는 만용을 부렸다. 신성력
을 잃은 상태라서 걸리지는 않았지만 다른 던전의 상태는 그
야말로 최악이었다.

랜달프의 던전처럼 제대로 생태계가 조성된 곳은 없었다.
종에 따른 배려라곤 눈곱만큼도 존재하지 않았고 열악한 환
경 탓에 제대로 된 번식도 불가능했다. 그저 강한 마수가 살
아남는 기형적인 구조였다.

먼발치에서 인간들을 공격하는 마수나 마족도 목격할 수
있었다. 아주 강력한 존재도 많았다. 대공으로 추정되는 마
족도 한 명 발견했다.

'이대로 놔두면 이 행성은 멸망한다.'

입이 바짝 말랐다. 마족 랜달프의 말에 거짓은 없었다. 이
곳은 그야말로 각축장이었다. 어떻게든 멸망시키려는 의지
가 느껴졌다.

'나 혼자서는 안 된다. 나는 날개를 잃었다. 천계에서 긴

시간 동안 요양하지 않으면 신성력을 회복하지 못한다.'

절로 주먹이 쥐어졌다.

이대로 멸망을 두고 봐야만 하는가?

천계와의 통신도 되지 않았고 언젠가 다시 열릴 차원 게이트를 기다리자니 기약이 없다. 어쩌면 차원 게이트가 나타나도 돌아가지 못할 가능성이 없지 않았다. 누군가가 개입하여 차원 게이트의 코드를 변경시키지 않았던가.

—어둠에 물들지 말지어다. 어둠을 정화하고 빛을 잉태하는 것이 너의 역할이다.

문득 하쉬말은 자신이 알을 깨고 나올 때 들려온 목소리를 기억해 냈다. 천계의 왕. 그 따사로운 목소리와 그 내용은 결코 잊을 수 없었다.

'저의 죄를 용서하시옵소서.'

하지만 어둠을 정화하고 이 차원에 '빛'을 가져오는 것이 자신의 사명이었다. 힘을 회복하려면 '겉'을 오염시키는 방법밖에 없었다.

최소한 천계의 지원이 도달할 때까지 이 세계의 멸망을 미룰 수만 있다면 그 의도는 성공했다 할 수 있을 것이다.

'홀로 걷는 자. 모든 마족을 잡을 사냥꾼…….'

일주일이 지난 뒤 하쉬말은 결정했다.

그를 이용하자고.

천사를 타락시키는 방법은 간단하다. 그 스스로가 천사임을 부정하며 그 스스로가 어둠에 물들면 된다.

예컨대 천족으로서 마땅히 지켜야 할 규정을 어기는 것이었다. 타의가 아닌 자의로.

'생각보다 이르군.'

나는 눈앞에 굳은 표정으로 선 하쉬말을 바라봤다.

천천히 물들여 갈 계획이었으나 하쉬말 본인이 원하여 내 앞에 당도했다. 그만큼 이곳에서 벌어지는 일들에 대해 심각히 여긴다는 뜻이었다.

더불어서 내가 다른 마족과 '다름'을 인정한 것이었다. 적어도 마족을 견제하는 데 있어서 더할 나위 없는 카드임은 분명했다.

"앞으로 나의 이름은 타쉬말이 될 것이다."

"천족으로서 부여받은 이름을 버리겠다는 건가?"

"그렇다."

이미 마음을 정했는지 하쉬말은 담담하였다. 고작 앞 글자 하나가 바뀌었을 따름이지만 태도와는 달리 상당한 고뇌가 있었을 터다.

어쨌거나 한 가지 문제가 해결되었다. 스스로가 천족임을 부정했으니 이제 규율만 어기면 된다.

'지금 상황에서 가장 쉽게 어길 수 있는 규율. 그리고 가장 파급력이 강한 죄.'

마족과 몸을 섞는 것. 강제가 아니라면 처벌은 무겁다.

나로서는 바라는 바다. 그것은 곧 온전히 하쉬말이 내게 '귀속'됨을 뜻했으니까.

던전의 시스템 아래에서 나의 지배를 받게 된다. 하쉬말은 꿈에도 모르고 있을 테지만 그리되면 나를 해할 수 없다. 내가 명하거든 억지로라도 따라야 하는 강제력이 주어지는 것이다.

'하쉬말이여, 그대는 지금 최고이자 최악의 패를 뽑았다.'

입가에 옅은 미소를 띠운 채 말했다.

"벗어라."

Dungeon Hunter

[불가능한 업적! 최초로 천사를 타락시켰습니다.]

[2,500,000pt가 지급됩니다.]

[불가능한 업적! 주천사 '하쉬말'이 마족 '랜달프 브뤼쉬엘'에게 귀속되었습니다.]

[3,000,000pt가 지급됩니다.]

[업적 점수가 1만 점을 돌파했습니다. 2급 미스터 에그가 개방되었습니다!]

['업적 상점'이 개설됩니다. 이제부터 만물상점에서 팔지 않는 온갖 귀한 것을 업적 점수로 구매할 수 있습니다. 또한, 특정한 업적들을 달성하면 관련 분야에 따라 구매 가능한 물건이나 종족이 추가될 수도 있습니다.]

수없이 떠오르는 메시지 창.

시선을 내려 나신의 하쉬말을, 아니, 타쉬말을 바라본다.

침대 위, 타쉬말이 쓰러져 있었다. 잡티 하나 없이 새하얀 피부 위에 송골송골 땀이 솟았다. 거사의 흔적이 사방에 즐비했으나 내 시선을 잡아끈 건 그녀의 등 뒤로 나기 시작한 검은 날개다.

혹독하게 몰아붙인 탓에 타쉬말은 기절했다. 처음 느껴보는 강렬한 충격을 버티지 못한 것이다. 하지만 본체가 잠들었음에도 한번 돋기 시작한 검은 날개는 조금씩 그 크기를 불려 나갔다. 신성력 대신 음의 마력이 빈 공간을 차지했다.

천사가 타락하는 과정은 처음 본다. 누구도 본 적이 없을 것이다.

절로 드는 궁금증.

조용히 심안을 열었다.

이름 : 타쉬말

직업 : 타락 천사

칭호 :

 *어둠에 물든 빛의 천사(Epic, 지능 마력+6)

능력치 :

 힘 68

 지능 87(+6)

 민첩 78

 체력 69

 마력 84(+6)

 잠재력 (386+12/471)

특이사항 : 세상에 빛을 전파하는 사품의 천사였으나 지금은 타락
           했습니다. 날개를 잃은 여파로 낮아진 능력치가 빠르
           게 회복되고 있습니다.

스킬 : 어둠의 전파(Epic), 수없이 쇄도하는 어둠의 창(Epic), 어둠의
       우레(Epic)

과연 스킬이나 호칭의 이름이 바뀌었다. 등급은 그대로여
서 다행이다. 능력치는 다소 낮아졌지만 특이사항을 보면 크
게 문제될 건 없을 듯싶었다.

지금 이 정도만 하더라도 그리핀이나 기간테스에 버금
간다. 에픽 등급의 스킬이 세 개이니 활용도는 훨씬 넓을 것

이었다. 예전의 무위를 되찾는다면 그보다 더욱 높은 레벨로 등극하게 되리라. 어련히 뒤가 든든해지는 스펙이다.

'괜찮군.'

고개를 주억였다.

550만 포인트, 거기다가 타락한 천사마저 얻었다.

이것만으로도 충분히 이득이라 할 만하다. 천사들을 사냥해서 벌어들인 포인트를 합치면 이번 이벤트에서만 600만 포인트 이상을 벌어들였다.

덕분에 당장 보유한 포인트가 벌써 1천만을 돌파했다. 아직 올해가 절반도 채 지나지 않았다는 것을 감안하면 다음 마계 옥션이 매우 기대가 되는 바였다.

'한데…… 업적 상점?'

타쉬말의 상태를 확인하고 다시 허공에 떠오른 메시지에 눈을 돌린다.

2급 이스터 에그, 업적 상점이라는 단어가 유독 시선에 박힌다.

'업적 점수라는 게 있었던가.'

어쩐지 업적을 달성할 때마다 반복되는 미사여구를 붙이는 게 신경이 쓰이긴 하였다. 이런 식으로 사용할 수 있게끔 만들어진 모양이었다.

물론 그러기 위해선 1만 점이라는 높은지 낮은지 모를 점수를 쌓아야만 했다. 적어도 전생에서는 겪지 못한 일이다.

나는 막 회귀한 뒤 3급의 이스터 에그를 달성해 '나락군주의 심장'을 얻은 적이 있었다. 이번에는 2급이다. 무엇이 주어질지 그것을 상상하니 자연스럽게 미소가 지어졌다.

상점이라 칭한 만큼 구매할 수 있는 목록이 다수 존재할 터. 굳이 '온갖 귀한 것'이라 적어놓은 걸 보면 예사롭지 않다.

만물상점은 수많은 물건을 팔지만 효율이 좋지 않은 게 많았다. 예컨대 스킬북의 경우 들어가는 포인트에 비해 등급이 낮거나 옵션이 나쁘다. 별 좋지도 않은 유니크 등급의 스킬북 하나가 백, 이백만 포인트를 훌쩍 넘기니 아주 여유가 있지 않는 이상 구매할 필요가 없는 것이다. 억지로 마계 옥션까지 포인트를 모으는 이유다.

업적 상점은 어떠할까.

쓸 만한 물건이 존재한대도 저런 식으로 효율이 억지라면 그 나름대로 실망스러울 것 같았다. 구매하지 못하는 아이템은 바닥에 굴러다니는 잡동사니보다 더 쓸모가 없는 법이었다.

'일어나려면 시간이 걸리겠군.'

슬쩍 타쉬말이 쓰러진 침대 위를 흘겨봤다. 일어날 기미는 좀처럼 보이지 않았다.

하는 수 없이 의자에 걸어놓은 옷을 챙겨 입고 던전의 최상층으로 향했다.

이히가 던전 코어의 옆에 늘어져 있었다. 한숨을 푹푹 내쉬며 죽을상을 지었다.

"에휴휴. 아무런 도움이 안 되는 천사님이었어. 입에 단내나게 이히가 물어주기만 하고 말이야."

천사가 나타나 소원을 들어줄 줄 알았지만 전혀 이뤄지지 않았다. 도리어 생명을 다했는지 이상한 소리만 늘어놓고 픽 죽어버렸다.

상심이 컸다.

"으으…… 꿀벌들을 괴롭히지 않으니까 금단증상이 오는 것만 같아. 이히의 낙이 사라졌어. 이대로 있다가는 금단증상으로 쓰러지고 말 거야."

던전 코어 옆에 기대고 누워 뺨을 비비적거렸다.

챙겨주는 척했지만 사실 이히의 입장에서 꿀벌은 아끼는 장난감이었을 따름이다. 잘 돌봐주겠다고, 괴롭히지 않겠다고 한 맹세도 금세 사그라졌다. 이히의 밑바닥이 드러난 것이다.

십 일을 넘게 못 봤더니 중독자처럼 손이 부들부들 떨렸다.

"이히히…… 꾸, 꿀벌을 그릴 테야. 그려서 이히가 막 괴롭혀 줄 테야……."

자리에서 벌떡 일어난 이히의 눈빛이 심상치 않다. 평소 보석 같던 눈동자는 온데간데없고 살인마의 눈이 그 자리를 차지하고 있었다.

　몸을 낮춘 이히가 쓱싹쓱싹 바닥에 꿀벌을 그리기 시작
했다.

　"당장 꿀을 따오거라. 이, 이히히……."

　그러나 그림이다. 그것도 아주 못 그린!

　움직일 리 없었다.

　"어서 안 움직이고 뭐해? 이히의 말이 들리지 않니! 왜 그
려줬는데 움직이질 못하니, 왜……. 이힝……."

　"잘 놀고 있군."

　사사삭!

　빠르게 꿀벌 그림을 지운 이히가 어색하게 웃었다.

　"오셨어요, 마스터?"

　태세 변환이 달인의 경지다.

　나는 피식하곤 말했다.

　"제법 재미있었다. 더 하지 않고?"

　"아, 아니에요. 마스터. 이히는 마스터의 벌을 충실히 실
행 중이에요. 꿀벌이 뭔지 이히는 몰라요. 그게 뭐예요?"

　이히가 도리도리 고개를 내저었다.

　천진난만하게 손가락을 빨며 묻는데 어림도 없다.

　"근원의 나무 근처에 무덤을 하나 만들었다고 들었다."

　"그거는요. 이히가 근원의 나무님한테 소원을 빌었더니
천사님을 보내주셨어요. 그런데 그 천사님이 불량품이어서

이히가 묻어줬어요."

소원? 보내줬다? 난데없는 말에 의아해하다가 대충 납득
했다. 이히의 말을 처음부터 끝까지 이해하려 들면 끝이
없다는 걸 그간의 경험으로 잘 알고 있었다. 적당한 선에서
타협을 보는 편이 서로에게 이롭다.

"아주 잘했다."

"네?"

"덕분에 일 하나가 쉽게 풀렸다."

천사를 근원의 나무에 묻어준 것. 하쉬말의 마음이 풀리는
계기 중 하나였다. 오죽하면 내게 직접 '고맙다'는 말을 전했
을 정도다.

게다가 천사의 시체가 근원의 나무에게 도움이 된다는 것
도 알았다. 이히가 죽은 천사를 근원의 나무 근처에 묻지 않
았다면 앞으로도 몰랐을 것이다.

전혀 예상하지 못한 곳에서 도움이 되었다고 할 수 있
었다. 조용히만 있길 바라며 권한을 박탈하고 유배시켜 놓은
것인데 의도치는 않았다고 하지만, 이 역시 '공'으로 인정할
만하였다.

"이히히. 마스터가 좋다면 이히도 좋아요."

내가 무슨 말을 하는 것인지도 모른 채 이히가 해맑게 웃
었다.

날개가 쉴 새 없이 퍼덕이고 양쪽 뺨을 손으로 비비며 어

쩔 줄 몰라 했다.

나는 가만히 그 모습을 내려다보다가 입을 열었다.

"너의 권한을 복구해 주마. 더불어서 정원의 건도 눈감아 주겠다."

이히가 순식간에 모든 동작을 멈췄다.

"요즘 이히의 귀가 나빠졌나 봐요."

"아니, 제대로 들었다."

내 말이 끝나기 무섭게 이히의 눈이 큼지막하게 커졌다.

"그, 그럼, 마스터. 이제 이히가 꿀벌들을 괴롭힐 수 있는 건가요?"

"너의 취향을 건들 생각은 없으니 마음대로 해라."

"킹비들을 끌고 산책도 할 수 있구요?"

"생태계에 영향을 끼치지만 않는다면."

"이히가 직접 디자인한 건축물을 지어도 될까요?"

"그건 안 되겠군."

"……이히히!"

이히는 바닥에 누워 마구 손과 발을 뻗어댔다. 작게 먼지가 피어날 수준으로 바닥을 때리고 볼을 꼬집고 무엇이 그리도 좋은지 두 뺨을 붉게 상기시켰다.

'벌은 충분했을 테지.'

무관심. 권한마저 모두 박탈하며 취미 생활도 못하게 만들었다. 요정으로선 쥐약의 처방이다. 특히 이히의 성격상 용케 여태껏 버텼다고 할 것이었다.

하지만 이번 일로 많은 것을 깨달았기를 바란다. 같은 실수가 몇 번이고 반복된다면 제아무리 이히라도 엄하게 다스릴 수밖에 없다. 오히려 이히이기에 더욱 강한 벌을 주게 될 터였다.

일벌백계라는 말이 괜히 있는 게 아니다.

나는 이히가 흥분을 가라앉힐 때까지 기다려 주기로 마음먹었다.

……설마 3시간이나 마구 뒹굴 줄은 나조차도 예상하지 못했지만 말이다.

3시간 뒤.

본직으로 이히를 되돌려 놓고 나는 던전 코어를 발동시켜 업적 상점을 열었다.

[업적 상점에 오신 것을 환영합니다.]

[현재 업적 점수 - 11,451]

[업적 점수를 활용해 상점의 물건을 구매할 수 있습니다.]

[아이템의 이름 앞에 +표시가 된 것은 오로지 한 번만 구매 가능합니다.]

만물상점과 크게 다를 것 없는 창이 떠올랐다. 이름만 바뀌었을 따름이다.

하지만 내용물은 완전히 달랐다.

눈에 힘을 주며 기다리자 이어 목록이 주르륵 나열되었다.

[장비 목록]

[사나운 활(U) - 1,000]

[그림자 표창(U) - 1,000]

[신속의 신발(Ex U) - 2,000]

[+죽음 로브(Ex U, Set) - 2,000]

[굴지의 갑옷(Ex U) - 2,000]

[+아타샤의 검(Epic) - 3,000]

[+콘테고놈의 투구(Epic, Set) - 3,000]

…….

[마수 목록]

[파이록 - 300]

[슈페리어 고블린 - 1,000]

[순혈의 나가 - 2,000]

[호문쿨루스 - 4,500]

[+잔혹한 사령관의 군단 - 6,000]

[+오크 대제 '람' - 10,000]

[+진족 뱀파이어 '스비라' - 15,000]

[+리치 킹 '가스펠' - 20,000]

[+진마룡 '아오진' - 50,000]

······.

[스킬 목록]

[+대지진(U) - 1,500]

[+신성분진(U) - 2,000]

[+신검합일(Ex U, Passive) - 2,000]

[+다크 소드(Ex U) - 2,500]

[+숲의 방패(Ex U) -3,000]

[+다크 메테오(Epic) - 10,000]

[+천령기(Epic) - 15,000]

······.

[업적 관련 추가 아이템]

[천사의 알 - 500]

　나열된 목록은 한눈에 보기에도 버거울 정도로 많았다.

　일반 아이템 목록도 있었지만 당장은 그것을 볼 엄두가 나지 않았다.

　지금 떠오른 것들만으로도 나를 놀래키기에 충분했으니 말이다.

가장 먼저 장비 목록. 기본이 유니크이며 에픽 등급까지 골고루 있었다. 게다가 '죽음 로브'는 크리슬리가 착용한 '죽음 지팡이'와 한 세트가 되는 아이템이었다.

설인의 왕 콘테고놈. 전설적인 존재 중 하나인 그의 투구도 버젓이 올라가 있었다.

아타샤의 검은 3급 이스터 에그가 열렸을 당시 잠깐 보았던 이름인데 여기에 나온 걸 보면 연계가 되는 모양이었다.

'허……'

하지만 진정으로 놀란 건 마수 목록이다.

만물상점에선 결코 살 수 없는 마수들. 파이록부터가 기르기 무척이나 어려운 마수이지 않나. 마계 옥션에서도 거의 보인 적 없던 것들도 여럿 보인다. 하지만 가장 밑 부분을 차지하는 '이름을 가진' 마수들에 나는 한참 동안 집중할 수밖에 없었다.

오크 대제 람, 진족 뱀파이어 스비라, 리치킹 가스펠……진마룡 아오진!

'전설, 신화적인 존재들.'

오래전 그 위용을 떨친 이들이었다.

그 시대에 대적할 자가 없다 하던 절대자들.

이미 죽었을 터인 그들이 목록에 포함되어 있었다.

이것이 무엇을 뜻하겠는가.

'정말 말도 안 되는 일이군.'

그렇다.

죽은 자를 되살리는 것이다.

진짜로 되살리는 것인지, 아니면 껍데기만 살려내는 것인지는 모르겠지만 간단히 넘어갈 문제는 아니었다.

마도 시대.

인간이 용을 부리고 모든 이종족이 가장 만개했다 전해지는 시기.

그 시기에는 마족들도 손쉽게 중간계를 침범할 수 없었다고 한다. 워낙 많은 일이 일어났고 수많은 천재가 이 시기에 활동하며 죽었다. 이때의 기록은 마계에도 세세하게 남겨져 있을 정도였다.

오크 대제 람. 그런 황금과 같은 시기에 오크들을 일통해 유일하게 대륙의 절반을 정복한 오크. 통치의 시기는 짧았으나 홀로 일천의 기사를 상대한 일화는 충분히 대단하다 할 만하였다. 능히 최상급 마수의 반열에 들어가고도 남을 초강자였다.

진족 뱀파이어 스비라 역시 중간계에서 활동했지만 마계에도 기록이 전해지는 이름 있는 마수로서 고작 하룻밤 만에 한 왕국을 감염자 천국으로 만들어버렸다. 최강자라 칭해지는 마탑의 탑주들, 황금의 기사들, 천왕의 수호를 받는 성녀 등이 나서서 겨우 잡았다던가.

마계에 있을 당시 전장 속에서만 활동했던 내가 그 이름을 알고 있다면 대단한 것이다. 마계도 아닌 중간계의 존재들을 굳이 신경 쓸 필요는 없으니까.

'이야기로만 전해 들었지.'

전장이라고 하루 종일 싸우지는 않는다. 소강상태가 지속되면 친하지 않은 마족들이 삼삼오오 모여서 이야기보따리를 풀어놓곤 하였다. 대부분이 허황되거나 말이 안 되는 것들이지만 람과 스비라는 자주 언급이 되었다.

'하지만 리치 킹 가스펠과 진마룡 아오진은 마계에서 활동한 존재이다.'

이미 그 존재만으로도 마왕과 동격으로 취급받았던 둘.

그중 아오진은 '넘을 수 없는 벽'이었다.

마룡이 최상급 4Lv의 판정을 받고 발록조차 5Lv이건만, 진마룡은 유일하게 6Lv에 랭크되어 있었다.

만약 전성기의 아오진이 이곳 지구에 나타나거든 막을 수 있는 이가 없을 것이다.

아직 마계에서의 힘을 모두 회복하지 못한 대공들이나 공작들로는 특히 가망이 없다. 나의 승리가 확정되겠지만 업적점수가 50,000이나 필요하다는 게 흠이다.

여태껏 제법 많은 업적을 해결했다. 전생에서 활동한 수십 년의 시간보다 더 많은 업적을 깼다. 그래도 고작 10,000이 조금 넘는 수준이다.

오만은 아득하다.

'업적 점수를 더 모을 필요가 있겠어.'

하지만 불가능하다 생각하진 않았다. 이제 3년 차. 아직 3년이 전부 지나지도 않았다.

벌써 일만을 모았다. 더욱 많은 길이 생겼고, 찾지 못한 업적도 수두룩하다.

언젠가는 필히 오만 이상의 업적 점수를 모을 수 있을 터.

지금 당장은 그림의 떡이나 마찬가지지만 마음 한편은 든든해졌다.

다음으로 나는 스킬 목록을 살폈다.

'쓸 만한 게 몇 개 있군.'

장비와 똑같이 최소 유니크 등급으로 이루어져 있었다. 게다가 만물상점에서는 팔지 않는 에픽 등급 이상의 스킬도 있어서 흥미가 돋았다.

다크 메테오, 천령기 등은 모두 처음 들어보는 이름이다.

하지만 다크 소드나 숲의 방패는 눈에 익었다.

'대공 아리엘이 사용한 어비스소드. 그 하위 호환격의 스킬인가?'

차분히 스킬의 설명을 읽었다.

이름 - 다크 소드(Ex U)

설명 : 진정한 심연 속을 들여다본 자만이 사용할 수 있는 기술입니다. 검에 '심연'을 덧씌워 공간을 잘라냅니다. 또한 다크

소드는 모든 빛을 흡수합니다.

*다크 소드에 당한 상처는 치유가 불가능합니다. 신성력에 관련해 강력한 반발을 가집니다.

고개를 끄덕였다.

아리엘의 어비스소드는 검에 '혼돈'을 덧씌우는 스킬이었다. 내용도 엇비슷했다. 다크 소드를 에픽 등급으로 끌어올리면 어비스소드가 되지 않을는지 예측하였다.

'뇌신만으로는 부족함이 있었지.'

턱을 쓸었다.

비록 어비스소드보다는 한 단계 낮은 스킬이라지만, 내가 사용하기에 이보다 적합한 것은 없었다. 당장 뇌신만으로는 부족함을 여기고 있었고, 무엇보다 착용한 검인 '분노'를 백 퍼센트 활용할 스킬이 없다는 게 안타까웠다.

분노에 다크 소드를 활용하면 그 시너지는 엄청날 것이다.

'신검합일이라.'

그다음으로 눈이 간 스킬이다.

천천히 설명을 읽었다.

이름 - 신검합일(Ex U, Passive)

설명 : 검과 몸이 하나 되는 과정으로 함께 호흡하고 함께 행동합니다. 검에 의지를 싣는 게 가능하니 그 주인 됨에 따라 모

든 것을 멸하는 살검(殺劍)이 될 수도 있고 모든 것을 살리는 활검(活劍)이 될 수도 있습니다.

*검을 사용할 시 힘과 민첩이 3씩 상승합니다.

**강렬한 자아를 지닌 검을 굴복시킬 수 있습니다.

설명을 읽고 드는 생각은 하나.

'탐이 난다'는 것.

다크 소드와 신검합일이 딱 내게 알맞았다. 나머지 스킬들은 너무 비싸거나 내 성향과는 맞지 않았다.

다음으로 '업적 관련 추가 아이템'란을 보았다.

'천사의 알……!'

천사를 타락시키고 타쉬말이 내 휘하에 들어오며 불가능한 천사 관련 업적을 두 개나 동시에 달성했다. 그로 인해 생긴 아이템인 듯싶었다.

그런데 이름이 심상치 않다.

천사는 알에서 태어난다. 알을 낳은 뒤 천사의 날개로 덮어주면 일정 기간이 지나 알을 깨고 나온다. 문제는 그러기 위한 천사가 없다는 점.

'타락 천사의 날개로도 효과가 있을지 모르겠군.'

있다면 타쉬말뿐이었다. 타락한 천사의 날개로 덮어줘도 정상적인 천사가 태어날 수 있을지는 미지수였다. 타쉬말의 날개에선 신성력 대신 음의 마력이 절절히 넘쳐날 것일진대……. 어쩌면 미숙아가 태어나거나 태아가 알 속에서 죽을 가능성도 있었다.

'실험을 해봐야겠다.'

하지만 내 두 눈엔 기대감이 넘쳐났다.

타쉬말 하나로 만족하려 하였으나 대거의 천사를 양성할 수 있다면 이야기는 전혀 달라진다. 어느 마족이 천사를 던전에 배치하려 하겠는가. 거기다가 '근원의 나무'는 유독 천사의 시체를 양분으로 잘 빨아들였다.

두 사이에 필시 연결 고리가 있다. 뿐만 아니라 천사를 양성함으로써 업적을 여러 개 달성할 수 있을 것이었다. 이는 예상이 아닌 확신이다.

업적 점수가 절실해진 지금, 어쩌면 일반 포인트보다 업적 점수가 더 중요할지도 모르니 이것저것 가릴 때가 아니었다.

'구매는 잠시 뒤로 미루자.'

내가 가진 업적 점수는 11,451점.

최대한 신중히 사용할 작정이다.

나는 천사의 알 하나를 구매한 뒤 타쉬말이 일어나기를 기다렸다.

타쉬말은 반나절을 더 자고 일어났다. 그녀는 흰색의 하늘하늘한 옷으로 갈아입은 상태였는데 등에 돋은 검은색의 날개와는 무척 대비되었다.

타락 천사의 증표인 날개가 벌써 등을 가릴 정도로 자라 있었다. 거기다가 본래 있었던 날개의 숫자와 동일했다. 6개. 주천사임을 대변해 주는 개수였으나 지금은 타락 천사의 위엄만 내보일 따름이었다.

"이 알은······!"

그녀는 천사의 알을 본 즉시 이것이 무엇인지 알아차렸다.

"품을 수 있겠나?"

"대체 이 알을 어디서 구했느냐? 천사의 알은 천계의 금지에서 따로 관리되는 것이거늘. 상급 위계의 천사들만 들어가는 것을 허락받은 곳일진대 대체 어떻게······."

목소리가 떨렸다.

매우 당황하고 있다는 방증이다.

나조차 천사의 알을 이런 방식으로 얻을 줄 몰랐는데 던전의 시스템도 제대로 파악하지 못한 타쉬말은 오죽하겠는가.

"몇몇 천사가 자신이 낳은 알을 빼돌린다는 것을 들어본 적은 있었다. 태어날 자식의 위계를 알아보고자 몰래 감정을 맡긴다고······. 하지만 마족에게 넘길 만큼 타락한 천사라면 애당초 천계에 존재하지 못할 터. 어디서 취한 것이더냐?"

작은 적개심. 하지만 그 이상으로 이어지진 못했다.

나는 아랑곳 않고 말했다.

"따로 훔친 것은 아니니 걱정 말라. 그리고 나는 두 번 말하는 것을 무척이나 싫어한다. 타쉬말, 이 알을 품을 수 있겠나?"

"나, 나는 품을 수 없다. 타락한 내가 어찌 신성한 알을 품을 수 있겠느냐."

작게 혀를 찼다.

"안타깝게 되었군. 태어나지도 못하고 죽을 운명이라니."

"태어나지도 못한다고……?"

"그럴 수밖에. 이대로 방치된다면 이 작은 존재는 버틸 힘이 없다. 그대로 죽는 것 외에 다른 선택지가 있을 리 만무하지."

천사의 알은 약간의 온기를 품고 있었다. 안에 생명이 태동하고 있음을 알리는 중이었다.

그러나 방치된다면 며칠을 견디지 못하고 죽을 것이다. 조류과의 마수가 돌본대도 천사가 직접 돌보는 것과는 차이가 있을 수밖에 없었다.

타쉬말의 표정이 미묘하게 굳었다.

나는 작게 웃었다.

"걱정 마라. 타락한 너의 잘못이 아니다. 그저 이 알은 운이 없었을 뿐이야. 흠, 와이번에게 품도록 해봐야겠군. 운이 좋으면 태어날 수도 있을 테지."

"어찌 신성한 천사의 알을 마수 따위가 품도록 한단 말이냐!"

이를 바드득 간 타쉬말이 내 손에서 천사의 알을 가져갔다.

"내가 품을 것이다. 이 아이는 내가 맡을 것이야."

"괜찮겠나?"

"비록 타락했다고는 하나…… 나는 빛을 나르던 천사였다. 괜찮지 않아도 괜찮도록 만들 것이다."

"그 알의 문제는 너에게 전임하지."

어깨를 으쓱하곤 이어서 말했다.

"어쩌면 천사의 알 몇 개가 더 추가될 수도 있다. 그때도 부탁하마."

"네놈! 설마 천사를 가둬두고 강제로……."

"그렇다면 타쉬말, 그대를 찾아와 무리하게 알을 맡겼겠나?"

설령 강제로 천사끼리 교접을 시킨대도 알을 배지는 않는다. 강제로 그러한 조정을 할 수 있다고 들었다. 많은 마족이 천사를 잡았음에도 그와 관련된 무언가를 행하지 못한 건 다 이유가 있어서다.

타쉬말의 걱정은 완벽한 기우에 불과했다.

나는 조용히 마력을 개방하며 충고했다.

"타쉬말이여, 그대는 더 이상 천사가 아니다. 그 점을 명심하라."

"……."

조심스럽게 천사의 알을 든 타쉬말이 입을 꾹 닫고는 복잡한 표정을 지어 보였다.

던전은 그 특성상 마수의 성장에 지대한 영향을 끼친다. 이미 어느 정도 자란 상태이긴 했지만 천사의 알이 부화한 것은 타쉬말에게 맡기고 정확히 1주일이 지난 시점이었다.

놀랍게도…… 천사는 무사히 태어났다. 앙증맞은 두 개의 날개를 달고 세상에 모습을 드러낸 것이다.

동시에 기대하던 업적도 떠올랐다.

[놀라운 업적! 최초로 던전 안에서 천사의 알을 부화시켰습니다.]
[500,000pt가 주어집니다.]
[업적 점수 1,000점이 추가됩니다.]

이제는 몇 점의 업적 점수가 추가되었는지도 함께 떠오르는 것 같았다.

하여튼 태어난 아이는 평범한 천사였지만 능력치는 매우 준수했다.

어지간한 중급 5Lv의 마수와 비견되는 잠재력을 가지고 있었다.

제대로 부화가 된다는 것을 확인했으니 그다음은 숫자를 늘리는 것이었다.

나는 추가로 천사의 알 열 개를 더 구매했다.

성장하며 번식 가능한 숫자가 되거든 또 다른 업적이 떠오를 터였다.

이후 나머지 점수로 다크 소드와 신검합일 스킬을 사들였다. 남은 업적 점수는 2,451.

스킬을 익힌 후 상태창을 확인했다.

이름 : 랜달프 브뤼시엘

직업 : 마계 백작(던전 마스터)

칭호 :

　*던전 사냥꾼(던전 점령, 마족 사냥 시 잔여 능력치+1)

　*불굴의 전사(Ex U, 모든 능력치+2)

　*최초로 요정의 축복은 받은 자(U, 마력+6)

　*근원의 주인(Epic, 모든 능력치+3)

능력치 :

　힘 80(+15)

　지능 72(+5)

　민첩 75(+15)

　체력 80(+5)

　마력 85(+11)

　잠재력 (392+51/500)

잔여 능력치 : 4

전력량 : 21GW

특이사항 : 나락군주의 심장이 일부 각성한 상태입니다.

　스킬 : 만물 조합(U), 심안(Ex U), 다크 소드(Ex U), 신검합일(Ex U,

Passive), **전겨의 정령**(Epic), **분노**(Epic), **나태**(Epic)

마족 사만을 잡아서 잔여 능력치가 하나 올랐다. 신검합일의 효과로 힘과 민첩이 3씩 상승했고 전력량도 원자력 발전소를 털어가며 올린 바가 있었다. 그 외에 이렇다 할 변화는 없었으나 절로 흐뭇해지는 상태창이었다.

'죽음 로브도 나쁘지 않겠군.'

칠 대 죄악이 있었다면 더할 나위 없이 좋겠지만 목록에 없었다.

마땅히 사들일 것이라곤 크리슬리의 '죽음 지팡이'와 한 세트가 되는 '죽음 로브'뿐이었는데 전력의 강화를 위해서는 나쁘지 않은 선택일 듯했다.

'죽음 지팡이로 언데드 제조 스킬을 익혔지. 그것만으로도 용아병을 제작할 수준이었으니 세트를 모으면 도움이 많이 될 것이다.'

죽음 로브까지 구매하자 업적 점수가 텅텅 비었다.

'이제…….'

업적 점수는 모두 사용했지만 보유한 포인트는 많았다.

무려 1,200만 포인트!

다음 마계 옥션까진 시간이 많이 남았다. 그대로 묵혀두는 것은 멍청한 짓이다.

'예상되는 모든 업적을 달성해 봐야겠군.'

가만히 고개를 주억였다.

그사이, 그리핀을 탄 크라스라가 다수의 쉐이드와 함께 천공을 나는 중이었다.

'마스터께서 내리신 명령이다. 반드시 완수할 것이다.'

크라스라는 본디 크리슬리의 가디언으로 자랐다. 부족의 희망인 크리슬리를 보좌하고자 철저하게 교육을 받았다. 오빠 행색을 하고는 있었지만 그 중요도는 자신의 목숨 이상이었다.

하지만 크리슬리는 병을 가지고 있었다. 나날이 약해져 가는 그녀를 바라보며 온갖 귀한 약재를 날이면 날마다 구해왔지만 차도가 전혀 없었다. 크리슬리의 완치를 위해서는 영혼이라도 바칠 수 있다고 결심한 그때, 어둠의 정령들이 찾아왔다.

엘릭서를 구할 수 있다는 일말의 희망을 가지고 계약했다. 부족 전체가 경매로 넘어갔고 거기서 랜달프 브뤼시엘이라 불리우는 특이한 마족을 만났다.

'마스터는 보통의 마족과 다르다.'

처음에는 긴장했다. 마족은 이기적이고 배타적인 종족이었다. 섣불리 엘릭서를 내줄 것 같지는 않았다.

특히 크리슬리의 정체를 알게 되거든 그 끝이 좋지는 않으리란 확신이 있었다. 철저하게 크리슬리의 정체를 함구한 후

자신의 능력을 보인 뒤 충성을 맹세하고 그 대가로 엘릭서를 얻으려 했다.

한데 그는 단번에 알아봤다. 자신들이 무언가를 숨기고 있다는 사실을 말이다. 이후 벌을 내리며 '죽음'을 논할 땐 끝 장이란 절망감을 맛보았다.

하지만 예상은 빗나갔다. 다크 엘프로서의 본능을 죽이고 개처럼 행동하라…….

하지 못할 이유가 없었다. 과연 마족이 약속을 지킬지에 대해선 회의감이 있었지만 크리슬리가 죽는 것보단 나았다.

그저 살려만 줘도 다행이라 생각했다. 그리고 약속을 완벽 하게 이행하자 그는 진짜로 엘릭서를 내렸다. 그로도 모자라 크리슬리와 의식을 행하였다.

다크 엘프와 마족이 의식을 치르다니. 사상 초유의 사태에 족장 줄리엄마저 어이없다는 표정을 지어 보일 정도다.

물론 크리슬리가 거부했다면 어떻게든 막아보였을 것 이다. 그러나 현명한 그녀는 의식을 받아들였다. 덕분에 크 리슬리의 병은 나았으며 다크 엘프의 위치는 던전에서 최상 위에 오르게 되었다. 던전의 주인에게 신임을 얻게 되었으니 서로 못 잡아먹어서 안달인 드워프도 다크 엘프를 함부로 대 하지 못했다.

게다가 그는 공을 치하하는 데 주저함이 없었다. 기본적인 자유를 보장해 주었다. 새로 태어난 쌍둥이에게 '로이', '로

제'라는 이름을 붙어주며 친근함을 과시했다. 자신들을 그저 그런 '노예'로 보지 않는다고 확신하며 목숨을 다해 따르리라 내심 맹세했는데…… 이제는 근원의 나무까지 추가가 되었다.

'비록 서로의 종족이 다르다고는 하나, 나 크라스라가 진정으로 믿고 따를 수 있는 분.'

기본적으로 크라스라는 기사의 기질이 있었다. 크리슬리를 여태껏 무사히 지켜온 것을 보면 알 수 있다.

더불어서 그를 지키는 게 던전을, 더 나아가 자신들의 터전을 지키는 일이라는 걸 본능적으로 알았다. 만약 다른 마족에게 침공을 당해 그가 죽고 던전이 넘어가거든 가장 먼저 숙청당할 존재가 바로 다크 엘프였다.

"모두 흩어져라. 사만의 던전은 중국 어딘가에 분명히 있다. 최대한 빨리, 반드시 찾아야 한다!"

그리핀 위에서 크라스라가 손을 내뻗자 다수의 쉐이드가 공중에서 퍼져 나갔다.

'잘 찾고 있을지 모르겠군.'

내정 모드에 들어가 던전의 지형을 변형시키는 와중 불현듯 든 생각이었다. 크라스라와 그리핀, 다수의 쉐이드를 일본 던전으로 이동시킨 뒤 중국의 정찰을 명했다. 백작 사만의 던전 위치가 분명하게 떠오르지 않았던 탓이다.

'중국의 어딘가임은 확실할진대……'

공작이나 대공들이 어디에 위치하고 있는지는 알고 있다. 그러나 백작 나부랭이, 그중에서도 별 비중이 없었던 사만의 던전이 어디에 있을지는 내 관심사가 아니었다.

중국 어딘가에 붙어 있는 것은 틀림없었다. 전생의 기억을 밟아보면 사만은 항상 중국 방향에서 나타났었다.

이벤트가 발동하며 사만이 나타난 시간 등을 유추하면 아주 먼 곳에 있지는 않을 터. 사만의 죽음을 알게 된 마족들이 그의 던전을 찾기 전에 한발 먼저 크라스라가 발견하기를 바랄 뿐이었다.

'지형 변화. 26층은 종합지대로 하지.'

20층은 바다 지형, 21층은 천둥지대, 22층은 태풍지대, 23층은 눈보라지대, 24층은 죽음지대, 25층은 신성지대로 설정하고 지형을 변화시켰다. 마지막으로 26층에 천둥과 태풍, 눈보라를 합치자 메시지 창 하나가 떠올랐다.

[엄청난 업적! 최초로 던전의 열 개 층 이상에 지형 변화를 꾀했습니다.]

[800,000pt가 주어집니다.]

[업적 점수 1,545점이 추가됩니다.]

여기까지 들어간 포인트가 200만 가량이었다.

'죽음지대, 신성지대도 따로 지정을 할 수 있었군.'

변화시킬 수 있는 지형의 숫자도 꽤 많다. 그중 언데드가 활동하기 좋은 죽음지대와 천사들이 정상적으로 성장할 수 있는 신성지대를 추가할 수 있다는 점이 의외였다. 단순히 지형의 변화만이 아니라 그곳에 존재하는 마력의 질 자체도 달라져야 하기 때문이다.

무엇보다 '신성력'은 단순히 마력으로 치환하지 못하는 힘이다. 그것을 소량이나마 25층에 도포했다. 아니, 어쩌면 마력과 신성력 등의 힘은 그 본질이 같을지도 모르겠다. 그렇기에 4개의 제단에서 만들 수 있을 것일 테고.

어쨌거나 이제 그곳에서 천사들이 커가며 부족한 신성력을 자연스럽게 채워 넣을 것이었다.

'1,545점이라.'

나쁘지 않은 결과다.

본래 업적은 중요했다. 대량의 포인트를 얻거나 칭호를 얻을 수 있는 거의 유일한 길이었으므로. 하지만 업적 상점이 추가되며 그 중요성이 부각되었다.

'이왕지사 지형을 추가한 김에 번식종도 추가해야겠지.'

단순히 지형만 덩그러니 놔두면 아깝다. 특정 지형에서만 힘을 발휘하거나 번식할 수 있는 종을 미리미리 채워 넣는 게 훨씬 이득이었다. 번식종은 빠른 시기에 늘릴수록 이득이 크다. 포인트에 여유가 있을 때 미리미리 추가하는 편이

낫다.

'천계의 침공이 언제 재개될지 모르니……'

차원 게이트가 열리면 상점의 이용이 불가능하다는 것을 알았다. 이번에도, 만약 마수의 숫자가 부족했다면 허무하게 던전을 잃을 뻔했다. 생각키에 따라서 아찔한 순간이었다.

'20층 바다 지형에는 사이렌만 한 게 없다. 크라켄을 추가하고는 싶으나 번식 가능한 숫자가 되려면 모든 포인트를 쏟아부어야 해.'

사이렌은 중급 3Lv의 마수다. 마리당 5,800포인트였고 30마리면 최소한의 번식 가능한 숫자가 충족된다. 반면 크라켄은 상급 4Lv의 마수로서 400,000포인트를 호가한다. 극소수 섞어 넣는 것이라면 몰라도 번식을 가능하게 하려면 최소한 12,000,000포인트가 필요했다.

'21층 천둥지대에는 천둥 박쥐가 좋겠군.'

천둥 박쥐는 사이렌보다 레벨이 한 단계 높은 중급 4Lv의 마수다. 번개를 먹고 사는 특이한 박쥐인데 간혹 뿜어대는 '라이트닝 브레스'가 위력적이었다.

22층은 태풍지대. 윈드 라이드만 한 게 없다. 역시 중급 4Lv의 마수이나 크기가 작다. 어른의 머리통만 하다. 하지만 태풍 속에서는 무적이라 칭할 정도로 친화력이 훌륭했다.

23층 눈보라지대에는 설인이 제격이다. 눈 속에선 샤벨 타이거 저리 가라 할 만한 속도를 내는 게 가능했다.

그리고 마지막 24층 죽음지대에는 '죽음의 어미'를 추가시켰다. 2m에 달하는 크기와 풍만한 몸집. 온몸에서 강력한 독을 뿜어댄다. 또한 죽음의 어미는 개미 여왕이다. 50㎝ 남짓의 독을 품은 애벌레를 끊임없이 생성해 낸다.

25층은 굳이 추가할 필요가 없다. 그곳은 타쉬말을 비롯한 천사들이 기거할 장소였다.

26층의 종합지대는 내버려 두었다. 마땅히 추가할 마수가 떠오르지 않았다.

이하 층에 마수를 추가하자 업적창이 떠올랐다.

[믿기지 않는 업적! 최초로 변형된 지대에 '10가지 종'의 마수를 '적절히 번식 가능한 숫자'만큼 풀어놓았습니다.]

[1,000,000pt가 지급됩니다.]

[업적 점수 1,833점이 추가됩니다.]

지형 추가와 다수의 번식종을 들이며 의외로 많은 포인트를 사용한 듯 보이지만 업적 보상으로 인해 실제 사용한 포인트는 200만이 살짝 넘었다.

아직도 천만가량의 포인트가 남아 있었다.

'한국의 던전은 이만하면 되었다.'

나는 눈을 돌렸다.

슬슬 일본의 던전을 찾아갈 차례였다.

[상당한 업적! 최초로 고블린 특이체 출현이 100마리를 넘어섰습니다.]

[200,000pt가 지급됩니다.]

[업적 점수 400점이 추가됩니다.]

일본의 던전을 방문한 순간 나타난 업적이다.

'다른 던전의 업적은 내가 직접 방문해야 나타나는 모양이군.'

작게 고개를 끄덕였다. 어쩐지 일본의 던전에서도 뭐 하나가 뜰 만한데 감감무소식이었다.

오매불망 기다리던 게 드디어 뜬 것이다.

고블린은 특이체 출현 빈도가 상당히 높은 종족이었다. 그래서인지 보상이나 점수는 짰다. 아예 없는 것보단 나았지만.

"마스터 오셨다구요!"

구요가 날개를 펄럭이며 나를 반겼다.

"진행은 잘 되어가나?"

내가 없을 때 직접 관리할 수 있도록 권한을 넘기고 포인트도 사용할 수 있게끔 한 적이 있었다. 그러나 포인트는 거의 줄어들지 않았다.

구요의 표정이 어두워졌다.

"하고 싶은 게 너무 많아서 선택하기 힘들다구요……."

"대부분의 층을 미로로 만드는 건 어떤가?"

"그것도 괜찮지만 포인트가 상당히 많이 든다구요."

구요는 스스로 1층을 미로로 만들었다. 보물을 숨기거나 함정을 파는 게 보다 쉬워졌다. 아예 미로 컨셉을 밀고 나가면 그것도 괜찮을 듯싶었다. 일본의 각성자들은 그런 것에 특별한 재미를 느끼는 것 같으니.

최근 일본의 던전에서 들어오는 포인트 수입이 늘어난 걸 보면 미로를 확장해도 나쁘지 않을 듯했다.

'미로는 추가 지형에 없다. 직접 만들어 나가는 것이다. 관련된 업적이 하나쯤 있어도 이상하진 않다.'

이런 계산도 포함되어 있었다.

"개의치 마라. 이곳 던전은 몇 층까지 뚫렸지?"

"3층이라구요."

"상당히 낮군."

층마다 한국과 비슷하게 나열을 해봤는데 진행 속도는 확연히 다르다. 그만큼 한국의 각성자들이 훨씬 빠르게 성장하고 있다는 방증이었다.

"5층까지 미로로 만들겠다. 그 구상은 너에게 맡기마."

"구요가 마음대로 해도 된다구요?"

"그래."

"와아……!"

박수를 치며 좋아한다. 꿀벌을 괴롭히는 게 취미인 이히와 달리 구요는 제법 생산적인 취미를 가진 듯싶었다. 물론 꿀물이 맛있어서 그나마 다행이긴 했지만.

'다른 지형이나 마수를 추가시켜 봐야겠군.'

업적을 달성하기 위한 던전의 발전은 이제 시작이었다.

Dungeon Hunter

[업적 상점에 오신 것을 환영합니다.]

[현재 업적 점수 - 6,440]

[업적 점수를 활용해 상점의 물건을 구매할 수 있습니다.]

[아이템의 이름 앞에 +표시가 된 것은 오로지 한 번만 구매 가능합니다.]

미친 듯이 포인트를 쏟아부은 결과, 고작 이 주 만에 6,000가량의 업적 점수를 모았다. 포인트는 반토막이 났지만 개의치 않았다.

'부익부 빈익빈. 실로 들어맞는 말이다.'

하여간에 포인트를 많이 사용할수록 업적을 달성하기 쉽다는 걸 깨닫게 되었다. 특히 일본의 던전에도 따로 업적이 적용되었다. '최초' 타이틀이 안 걸려서 획득하는 포인트나 점수가 적긴 했지만 이는 대단한 정보다.

던전을 늘릴수록 그만한 업적 점수를 획득할 수 있다는 뜻이니까.

그와 비례하는 어마어마한 포인트가 들어가긴 하겠지만 이런 식이면 정말 업적 점수 50,000을 모으는 게 꿈은 아닐 것이었다. 하지만 당장 업적 점수를 모을 생각은 없었다.

나는 목록을 쭉 훑다가 한 가지 품목을 선택했다.

동시에 떠오르는 창 하나.

['잔혹한 사령관의 군단'을 구매하시겠습니까?]

to be continued

KILL THE DRAGON

킬 더 드래곤

백수귀족 현대 판타지 장편 소설

인간 VS 드래곤

지구를 침략한 드래곤!
3년에 걸친 싸움은 인간의 승리로 돌아갔지만
15년 후,
드래곤의 재침공이 시작되었다!

드래곤을 죽일 수 있는 건 오직 사이커뿐!

인류의 존망을 건 최후의 전쟁.
그 서막이 오른다!

예성 장편소설

그라운드의 사령관

촉망받던 야구 유망주 정찬열!

국내 구단의 러브콜을 거절하고 미국행을 선택했지만
별다른 활약을 보이지 못한 채 묻혀 버렸다.

그런 어느 날,
그에게 기회가 찾아왔다!

눈을 떠 보니 고등학교 3학년?

아직 계약하기 전이라고?!

"두 번 다시 같은 실패는 하지 않겠다!"

야구 역사의 한 획을 긋는 그 현장에
지금, 함께하라!